KB023854

# 어머니 이야기

## 안데르센 단편선 ❷

# 어머니 이야기

## 안데르센 단편선 ❷

한스 크리스티안 안데르센 지음 | 원은주 옮김

더클래식

| 차례 |

# 어머니 이야기

어머니는 어린아이 곁에 앉아 자식이 죽을까 봐 가슴을 졸이며 지켜보고 있었습니다. 아이의 얼굴은 매우 창백했고, 작은 두 눈은 감겨 있었습니다. 아이가 이따금씩 깊은 한숨을 쉬듯 힘겨운 숨을 토해 내면, 어머니는 더더욱 불안한 표정으로 아이를 물끄러미 바라보았습니다.

그때 문을 두드리는 소리가 나더니 누더기 담요를 걸친 한 노인이 집 안으로 들어왔습니다. 노인은 추운 겨울 날씨에 몸을 피할 곳을 찾고 있었습니다. 바깥세상은 온통 눈과 얼음으로 뒤덮였고, 살을 에는 듯한 날카로운 겨울바람이 몰아치고 있었습니다.

노인은 추위로 바들바들 몸을 떨었습니다. 어머니는 아이

가 잠시 자는 사이 난로 위에 맥주가 담긴 주전자를 올려 데운 다음 노인에게 주었습니다. 노인은 자리에 앉아 아이가 누운 요람을 흔들었고, 어머니는 노인 옆의 의자에 앉아 쌕쌕 숨을 몰아쉬는 아픈 아이를 바라보며 고사리 같은 손을 잡았습니다. 어머니는 노인에게 물었습니다.

"아이가 제 곁을 떠나지 않겠지요? 자비로운 주님이시라면 분명 아이를 제게서 빼앗아 가지는 않으실 거예요."

다름 아닌 죽음이었던 노인은 애매하게 고개만 끄덕일 뿐이었습니다. 그렇다는 것인지 아니라는 것인지 알 수 없었습니다. 어머니는 눈길을 떨구었고, 그녀의 뺨 위로 눈물이 흘러내렸습니다. 이내 어머니가 고개를 떨구었습니다. 사흘 밤낮으로 한 번도 눈을 붙이지 못한 탓에 졸음이 쏟아진 것입니다. 하지만 그것도 잠시뿐 어머니는 곧 벌떡 눈을 뜨고 한기에 몸을 떨었습니다.

"이게 어떻게 된 거지?"

어머니는 주위를 둘러보았습니다. 노인과 어린아이가 온데간데없이 사라졌습니다. 그 노인이 아이를 데려간 것이 분명했습니다. 그때 방 한구석에 걸려 있던 낡은 시계가 덜컹거리더니 바닥으로 툭 떨어졌습니다. 위잉! 소리가 난 뒤 시계는 멈추었습니다.

불쌍한 어머니는 아이의 이름을 부르며 집 밖으로 뛰쳐나갔습니다.

바깥의 눈밭에는 길고 검은 옷을 입은 한 여자가 앉아 있었습니다. 그 여자가 말했습니다.

"죽음이 당신 집에 다녀갔군. 죽음이 당신 아이를 데리고 서둘러 가는 걸 봤어. 죽음의 발걸음은 바람보다도 빠르고, 한 번 데려간 것은 절대 되돌려 주는 법이 없지."

어머니가 애원했습니다.

"그가 어디로 갔는지 알려 주세요. 어느 쪽으로 갔는지 알려 주세요. 그를 찾아야 해요."

검은 옷을 입은 여자가 말했습니다.

"죽음이 어디로 갔는지 알지만, 먼저 네가 네 아이에게 불러 주던 노래를 전부 다 불러 줘. 나는 그 노래들이 아주 마음에 들어. 전에도 그 노래를 들은 적이 있지. 나는 밤이야. 그리고 네가 노래를 부르는 동안 흘리던 눈물도 보았어."

어머니가 말했습니다.

"전부…… 전부 불러 드릴게요. 하지만 지금은 그럴 시간이 없어요. 빨리 죽음을 쫓아가서 내 아이를 찾아와야 해요."

하지만 밤은 아무 말 없이 가만히 앉아 있을 뿐이었습니다. 마지못한 어머니는 양손을 붙잡고 애처롭게 흐느끼며 노래를 불렀습니다. 많은 노래를 불렀지만, 그보다 더 많은 눈물이 흘러내렸습니다. 마침내 밤이 말했습니다.

"오른쪽으로 가면 어둑어둑한 소나무 숲이 나올 거야. 거기서 어린아이를 데려가는 죽음을 봤어."

깊은 숲 속으로 들어가자 두 갈래 길이 나왔습니다. 어머니는 어느 쪽으로 가야할지 몰랐습니다. 길목에 가시나무 덤불 하나가 서 있었습니다. 추운 겨울이라 잎과 꽃 한 송이 없었고 앙상한 가지에는 고드름만 주렁주렁 매달려 있었습니다.

"혹시 죽음이 내 아이를 데리고 가는 걸 보셨나요?"

가시나무가 대답했습니다.

"봤지. 하지만 죽음이 어디로 갔는지 말해 주기 전에 나를 그 품에 따뜻하게 안아 줘. 이러다 얼어 죽고 말겠어. 꽁꽁 얼어붙고 말겠어."

어머니는 언 가지가 녹도록 가시나무를 품 안에 꼭 끌어안았습니다. 가시나무의 가시가 어머니의 몸에 박히면서 커다란 핏방울이 뚝뚝 떨어졌습니다. 마침내 가시나무는 추운 겨울밤에 푸른 잎과 꽃을 피웠습니다. 애끓는 어머니의 심장만큼 따뜻한 것은 없으니까요! 꽃을 피운 후 가시나무가 어머니에게 길을 가르쳐 주었습니다.

어머니는 커다란 호수 앞에 도착했습니다. 그곳에는 작은 거룻배 한 척 보이지 않았습니다. 꽁꽁 얼지 않아 걸어서 건널 수도 없었고, 수심이 너무 깊어 물살을 헤치고 건널 수도 없었습니다. 하지만 이 호수를 건너야 아이를 찾을 수 있습니다. 어머니는 호숫가에 엎드려 호수에 있는 물을 전부 마셔 버리려고 했습니다. 허나 인간에게는 불가능한 일이었지요. 그럼에도 슬픔에 빠진 어머니는 어쩌면 기적이 일어날지도 모른다고 생각했습니다. 호수가 말했습니다.

"안 돼, 그래 봐야 소용없어. 한 가지 거래를 하지. 나는 진주를 모으는 걸 좋아하는데, 네 눈은 내가 여태껏 본 것 중 가장 순결한 진주구나. 그 두 눈을 내게 준다면 널 호수 건너편

의 온실에 데려다 주마. 죽음은 그곳에 살며 나무와 꽃을 기
르지. 그 나무와 꽃 하나하나가 인간의 생명이야."

어머니는 흐느끼며 대답했습니다.

"내 아이를 찾을 수만 있다면 뭔들 못 드리겠어요?"

어머니는 흐느끼고 또 흐느꼈고, 마침내 어머니의 두 눈은
눈물과 함께 호수 속으로 빠져 귀한 한 쌍의 진주가 되었습
니다. 그러자 호수는 어머니를 들어 올려 맞은편 호숫가로 데

려다 주었습니다. 그곳에는 길이가 1.5킬로미터나 되는 기이한 집 한 채가 있었습니다. 그 집은 숲과 동굴로 뒤덮인 산인지, 나무로 지은 집인지 알 수가 없었습니다. 불쌍한 어머니는 눈물을 흘려 눈이 빠져 버린 탓에 앞을 볼 수가 없었으니까요. 어머니가 물었습니다.

"어디로 가야 내 아이를 데려간 죽음을 찾을 수 있나요?"

죽음의 온실을 돌보는 머리가 희끗희끗한 노파가 대답했습니다.

"그는 아직 돌아오지 않았네. 어떻게 여길 온 게지? 누가 널 도와준 게냐?"

어머니는 대답했습니다.

"하느님이 도와주셨어요. 하느님은 저희를 가엾게 여기신답니다. 부인께서도 저를 가엾게 여기시고 온정을 베풀어 주세요. 어디로 가야 제 아이를 찾을 수 있나요?"

노파가 대답했습니다.

"난 몰라. 그리고 너는 앞이 안 보이는구나. 오늘 밤 수많은 꽃과 나무들이 시들었어. 죽음이 곧 돌아와 새 묘목들을 심을 거야. 너도 알다시피 모든 인간에게는 생명의 나무, 또는 생명의 꽃이 있지. 생김새는 다른 식물들과 똑같지만 심장이 뛰어. 아이들의 심장도 마찬가지야. 어쩌면 넌 네 아이의 심장이 뛰는 소리를 알아들을 수 있을지도 모르겠구나. 그런데 내가 더 많은 걸 알려 주면 내게는 무엇을 줄 거지?"

애끓는 어머니가 대답했습니다.

"저는 드릴 게 아무것도 없어요. 하지만 부인을 위해서라면 세상 끝까지라도 가겠어요."

노파가 대답했습니다.

"난 그곳에 볼 일이 없네. 그 대신 네 길고 검은 머리카락을 줘. 그 아름다운 머리카락이 마음에 드는구나. 그 대가로 내하얀 머리카락을 주마. 그러면 되겠지?"

"그것만 드리면 되나요? 그렇다면 기꺼이 드릴게요."

어머니는 아름다운 머리카락을 노파의 눈처럼 하얀 머리카락과 바꾸었습니다. 어머니와 노파는 죽음의 커다란 온실 안으로 들어갔습니다. 그곳에는 기이하게 마구잡이로 뻗어 나는 나무와 꽃이 무성했습니다. 유리 그늘 아래에는 고운 히아신스와 나무처럼 튼튼한 커다란 모란 나무들이 있었습니다. 수생 식물도 있었습니다. 어떤 것들은 생기가 넘쳤지만, 어떤 것들은 물뱀에 칭칭 감기고 줄기에는 검은 게들이 매달려 있어서 시들시들했습니다. 그리고 위풍당당한 야자수와 떡갈나무, 플라타너스가 서 있고, 그 곁에는 파슬리와 타임이 있었습니다. 각각의 나무와 꽃에는 이름이 있었으며,

인간의 생명과 연결되어 있었습니다. 중국에 사는 사람일 수도 있고, 그린란드에 사는 사람일 수도 있고, 세계의 어딘가에 사는 사람일 수도 있습니다. 커다란 나무들 중 일부는 작은 화분에 심겨져 있어서 숨이 막힌 나머지 금방이라도 화분을 뚫고 나올 것 같았습니다. 작고 약한 꽃들은 기름진 땅에 심겨져 있으며 이끼로 둘러놓고 아주 세심한 보살핌을 받고 있었습니다. 하지만 어머니는 그중에서 가장 작은 식물들 위로 허리를 숙이고 각각의 심장 소리에 귀를 기울였습니다. 그리고 이 수백만의 심장 소리 중에서 어린아이의 심장 소리를 찾아냈습니다.

"저기 있어요."

어머니는 이렇게 외치며 힘없이 고개를 떨군 작은 크로커스 쪽으로 손을 뻗었습니다. 노파가 말했습니다.

"그 꽃 만지지마. 대신 여기서 기다리려무나. 조만간 죽음이 돌아와 그 꽃의 뿌리를 뽑으려 하면, 네가 다른 꽃들도 뽑아 버리겠다고 위협해. 그러면 죽음이 차마 그 꽃을 뽑지 못할걸! 하느님의 명령 없이 함부로 이곳의 식물을 뽑아선 안 되니까."

온실 안으로 차가운 바람 한 줄기가 불어왔습니다. 눈 먼 어머니는 죽음이 돌아온 걸 알았습니다. 죽음이 물었습니다.

"여긴 어떻게 찾았지? 어떻게 나보다 더 빨리 온 거지?"

어머니는 대답했습니다.

"저는 엄마니까요!"

죽음이 그 작고 여린 꽃을 향해 손을 뻗었습니다. 하지만 어머니가 잎 하나라도 상처 입을까 재빨리 그리고 아주 조심스럽게 두 손으로 그 꽃을 감쌌습니다. 그러자 죽음이 어머니의 양손에 입김을 불었습니다. 죽음의 숨결은 살을 에는 겨울바람보다 더 차가웠고, 어머니의 두 손에 힘이 빠졌습니다. 죽음이 말했습니다.

"너는 날 이길 수 없어."

어머니는 말했습니다.

"하지만 자비로운 하느님은 당신을 이길 수 있을지도 몰라요."

죽음이 말했습니다.

"나는 오로지 하느님의 뜻에 따를 뿐이야. 나는 그분의 정원사다. 그분의 모든 꽃과 나무를 가져와 미지의 땅에 있는 광활한 낙원의 뜰에 심는 게 내가 맡은 임무지. 그곳에서 식물들이 어떻게 자라는지, 낙원의 뜰이 어떤 모습인지는 말해 줄 수 없어."

어머니는 눈물을 흘리며 간절히 애원했습니다.

"내 아이를 돌려주세요."

그리고 작고 예쁜 꽃 두 송이를 잡고 죽음에게 말했습니다.

"안 그러면 당신의 꽃들을 전부 갈기갈기 찢어 버릴 거예요. 내 아이를 위해서라면 무슨 짓이라도 할 수 있어요!"

죽음이 말했습니다.

"그 꽃들을 건드리지 마. 넌 네가 불행하다고 했지. 다른 어머니를 너처럼 불행하게 만들 생각인가?"

"아, 다른 어머니!"

가련한 어머니는 울부짖으며 그 꽃들을 놓아주었습니다. 죽음이 말했습니다.

"여기 네 눈이 있다. 내가 호수에서 건져 왔다. 워낙 밝게 빛나기에 네 것인 줄 알았지. 이 눈을 가져가거라. 이제 전보다 더 밝게 빛나고 있어. 그리고 그 옆에 있는 깊은 우물 안을 들여다보거라. 내가 네가 뽑으려 했던 그 두 꽃의 이름을 말할 것이다. 그러면 그 둘의 미래가 네 앞에 펼쳐질 것이다. 네가 짓밟으려 했던 봉오리가 무엇인지 알게 될 것이다."

어머니는 우물 안을 내려다보았습니다. 두 꽃 중 한 송이가 세상의 축복으로 주변에 수없는 행복을 뿌리는 걸 보니 기뻤습니다. 반면에 다른 한 송이의 인생은 끝없는 불안과 절망, 불행으로 가득했습니다. 죽음이 말했습니다.

"둘 다 하느님의 뜻이다."

어머니는 놀랐습니다.

"어느 것이 불행한 꽃이고, 어느 것이 축복받은 꽃인가요?"

죽음이 대답했습니다.

"그건 말할 수 없다. 그러나 이것 하나는 알려 주마. 이 두 꽃 중 하나가 네 아이다. 네가 본 것 중 하나가 네 아이가 맞이할 미래의 운명이다!"

어머니는 놀라 외마디 비명을 질렀습니다.

"어느 것이 제 아이의 운명인가요? 말씀해 주세요. 축복받은 아이가 되게 해 주세요! 제 아이가 그토록 불행한 삶을 살지 않도록 구해 주세요! 차라리 아이를 데려가세요! 하느님의 왕국으로 데려가세요! 제가 흘린 눈물과 애원, 제가 여태까지 한 모든 행동은 잊어 주세요!"

죽음이 말했습니다.

"네 속을 도통 모르겠구나. 네 아이를 돌려받고 싶다는 것이냐, 아니면 네가 모르는 그곳으로 아이를 데려가길 바란다는 것이냐?"

어머니는 양손을 꽉 잡은 채 무릎을 꿇고 하느님께 기도했습니다.

"제 기도가 주님의 뜻을 거스르는 것이라면 들어주지 마시옵소서. 주님의 뜻이 항상 옳습니다! 아! 제 기도를 들어주지 마시옵소서!"

기도를 마친 어머니는 고개를 떨구었습니다.

그리고 죽음은 미지의 땅으로 아이를 데려갔습니다.

# 성냥팔이 소녀

끔찍하게 춥고 눈이 내리는 날이었습니다. 저녁때가 다가오면서 날은 점점 어두워졌습니다. 네, 그날은 한 해의 마지막 날이었습니다.

맨머리에 맨발인 어린 소녀 한 명이 춥고 깜깜한 밤거리를 헤매고 있었습니다. 집을 나올 때만 해도 분명 슬리퍼를 신고 있었지만 소녀에게는 너무 커서 쓸모가 없었습니다. 소녀의 어머니가 신던 것이라 정말 컸습니다. 그런데 그것마저도 무섭게 달려오는 마차 두 대를 피하려다가 그만 잃어버리고 말았습니다. 슬리퍼 한 짝은 온데간데없이 사라졌고, 다른 한 짝은 한 소년이 주워 달아났습니다. 나중에 커서 아이가 생기면 요람으로 쓸 수 있겠다면서요.

그래서 소녀는 작은 맨발로 계속 길을 걸었습니다. 추운 날씨에 발은 빨갛게 부르트고 푸르뎅뎅하게 얼었습니다. 소녀가 걸친 낡은 앞치마 안에는 성냥이 들어 있었습니다. 소녀는 성냥 한 묶음을 꺼내 들었습니다. 하루 종일 소녀에게서 성냥을 사 가는 사람은 아무도 없었고, 단돈 1페니를 주는 사람도 없었습니다.

소녀는 추위와 배고픔에 떨며 계속 길을 걸었습니다. 그야말로 비참한 모습이었습니다. 불쌍한 것 같으니!

눈송이가 소녀의 목덜미를 예쁘게 감싼 아마빛 곱슬머리를 뒤덮었지만, 소녀는 눈을 털어 낼 생각조차 하지 않았습니다.

거리의 창문마다 불빛이 쏟아지고, 맛있는 오리구이 냄새도 솔솔 새어 나왔습니다. 이 날은 성 실베스터의 날 저녁이었으니까요. 하지만 소녀는 멈

추어 서서 냄새를 맡지도 않았습니다.

소녀는 두 집 사이의 구석에 웅크리고 앉았습니다. 한 집이 다른 집보다 튀어나와 있었습니다. 작은 발을 옷자락 안으로 끌어당겨 보았지만 추위는 가시지 않았습니다. 밖이 추웠지만 집으로 돌아갈 엄두는 나지 않았습니다. 성냥을 한 개비도 팔지 못했고 1페니도 벌지 못했으니까요. 빈손으로 돌아가면 아버지가 분명 매질을 할 테고, 집 안도 춥기는 매한가지였습니다. 집이라고 해 봐야 고작 지붕 하나가 전부인 데다 커다랗게 난 구멍을 볏짚과 누더기로 매웠는데도 찬바람이 몰아쳐 들어오니까요. 소녀의 작은 두 손은 꽁꽁 얼어붙을 지경이었습니다.

아아! 성냥 한 개비만 켤 수 있다면 정말 좋을 텐데. 딱 하나만 꺼내어 벽에 문질러 켠다면 손을 녹일 수 있을 텐데. 마침내 소녀는 성냥 한 개비를 꺼냈습니다. 쉭! 순식간에 성냥에 불꽃이 일더니 활활 타올랐습니다!

소녀가 그 위로 양손을 올리자 작은 촛불처럼 따뜻하고 밝은 불꽃이 일어났습니다. 정말이지 작고 근사한 불빛이었습니다! 소녀는 마치 놋쇠 다리가 달리고 놋쇠 삽과 부젓가락이 있는 커다란 난로 앞에 앉아 있는 듯한 기분이 들었습니다. 불꽃은 매우 성스럽게 타오르고 너무나 따뜻해 소녀는 발

도 녹일까 싶어 두 발을 뻗었습니다. 그런데 그때! 불이 꺼지
면서 스토브는 사라지고, 소녀의 손에는 반쯤 탄 작은 성냥
한 개비만 남았습니다.

소녀는 성냥 한 개비를 더 꺼내 벽에 그었습니다. 성냥불
의 빛이 벽을 비추자, 벽이 베일처럼 투명해지더니 방 안이
훤히 들여다보였습니다.

눈처럼 하얀 식탁보가 깔린 식탁 위에는 근사한 도자기 그
릇에 사과와 자두로 속을 채운 구운 오리 한 마리가 놓여 있
었고 군침 도는 냄새가 솔솔 풍겼습니다. 그런데 신기하게

도 구운 오리가 접시에서 풀쩍 뛰어내리더니 가슴에 나이프
와 포크를 꽂은 채로 뒤뚱거리며 불쌍한 소녀에게 걸어오는
게 아니겠어요.

그 순간 성냥불이 다시 꺼졌고, 두껍고 눅눅한 벽만 남았
습니다. 소녀는 성냥 한 개비를 더 켰습니다.

이제 소녀는 화려한 상점의 유리문 사이로 본 그 어떤 것
보다 더 크고 화려한 크리스마스트리 아래에 앉아 있었습니
다. 푸르른 가지마다 천 개의 초가 타올랐고, 가지에 걸린 화
사한 그림들이 소녀를 내려다보는 것 같았습니다. 다시 성냥

불이 꺼졌습니다.

크리스마스트리의 불빛이 점점 더 높이 솟아올라, 하늘의
별처럼 반짝거렸습니다. 그 별 중에 하나가 떨어지며 별똥별
처럼 긴 꼬리를 남겼습니다. '누군가 죽어 가고 있구나.'라고
소녀는 생각했습니다. 소녀를 사랑해 주던 유일한 분, 지금은
돌아가신 소녀의 할머니가 별이 떨어지면 영혼이 하늘로 올
라간다는 뜻이라고 말해 주었습니다.

소녀는 다시 한 번 성냥을 벽에 그었고, 다시 온 사방이 환
해졌습니다. 이 환한 빛 속에서 소녀는 영혼처럼 맑고 빛났
으며 아주 다정해 보이는 할머니와 함께였습니다. 소녀는 외
쳤습니다.

"할머니. 아! 저도 데려가 주세요! 성냥불이 꺼지면 할머
니도 사라진다는 것 알아요. 따뜻한 난로처럼, 맛있는 오리
구이처럼, 커다랗고 멋진 크리스마스트리처럼 할머니도 사
라질 거잖아요!"

소녀는 할머니를 붙잡고 싶은 마음에 남은 성냥을 전부 벽
에 그었습니다. 그러자 정오보다 더 환한 빛이 켜졌습니다.
이렇게 아름답고 커다란 할머니는 처음이었습니다. 할머니
는 소녀를 품속에 끌어안았고, 둘은 하늘 위로 날아갔습니
다. 추위도, 배고픔도, 걱정거리도 없는 환하고 기쁨이 넘치

는 곳, 인간이 도달할 수 없는 그곳으로. 할머니와 소녀가 날아간 곳은 축복받은 자들의 땅이었습니다.

하지만 추운 새벽녘이 되어 지나가던 행인이 벽에 기대어 앉은 이 불쌍한 소녀를 발견했습니다. 빨갛게 얼은 뺨에 미소를 짓고 있었습니다. 소녀는 지난해의 마지막 밤에 얼어 죽고 만 것입니다.

새해의 태양이 자그마한 소녀의 죽음을 비추었습니다. 소녀는 여전히 손에 성냥 한 다발을 든 채 빳빳하게 굳어 있었습니다. 사람들은 말했습니다.

"애가 몸을 녹이려고 했나 봐."

아무도 그 소녀가 지난밤에 얼마나 근사한 것들을 보았는지, 새해의 기쁨 속에서 할머니와 함께 얼마나 빛나는 곳으로 갔는지 상상도 하지 못했습니다.

# 미운 오리 새끼

아름다운 시골의 여름날이었습니다. 밀은 노랗게 익고 귀
리는 푸르고, 건초 더미는 푸른 풀밭에 쌓여 있고, 어린 황새
들은 길고 빨간 다리로 행진하며 엄마 황새에게서 배운 이집
트 어로 이야기를 나누고 있었습니다. 들판과 풀밭 가장자리
로는 빽빽한 숲이 둘러싸고 있고, 이 숲 한가운데에는 깊은
연못이 하나 있습니다. 네, 그야말로 아름다운 시골 풍경이
죠! 따사로운 햇살이 깊은 운하에 둘러싸인 낡은 집 한 채를
감쌌고, 그 운하의 벽부터 수면까지 커다란 우엉 잎들이 무
성하게 자라 있었습니다. 그 덩굴이 얼마나 높은지 아이들이
그 안에 똑바로 서 있어도 아무도 발견하지 못할 정도였습니
다. 이곳은 가장 깊은 숲 속만큼이나 외지고 인적이 드문 곳

이었고, 따라서 오리 한 마리가 이곳에 둥지를 틀었습니다. 오리는 알을 품고 앉아 있었습니다. 하지만 처음 알을 낳았을 때 느꼈던 기쁨은 이제 거의 다 사라지고 말았습니다. 그곳에 너무 오랫동안 앉아 있었고, 찾아오는 이도 거의 없었기 때문입니다. 다른 오리들은 우엉 잎의 사이에 앉아 그녀와 수다를 떠는 것보다 운하에서 수영하는 것을 더 좋아했습니다.

마침내 알에 하나둘씩 금이 가기 시작했습니다. "빠지직, 빠지직!" 모든 알이 부화하고, 알에서 작은 머리가 하나씩 솟아 나왔습니다. "꽥꽥." 엄마 오리가 말하자, 오리 새끼들이 안간힘을 쓰며 일어섰습니다. 아기 오리들은 푸른 잎들 아래서 이리저리 둘러보았습니다. 녹색은 눈에 좋기 때문에 엄마 오리는 아기 오리들이 마음껏 둘러보도록 내버려 두었습니다.

"세상이 이렇게나 크다니!"

알 안의 좁은 곳에 갇혀 있던 아기 오리들은 전혀 다른 세상에 놀랐습니다. 엄마 오리가 물었습니다.

"이게 세상의 전부라고 생각하니? 세상은 정원 너머, 목사님 댁 밭 너머까지 넓게 펼쳐져 있단다. 하지만 엄마도 아직까지 가 본 적이 없어요. 다들 나왔나?"

엄마 오리는 자리에서 일어났습니다.

"이런, 다 나온 게 아니었네. 제일 큰 알이 아직 남았구나.

도대체 얼마나 더 품고 있어야 하는 거야? 정말 지치는구나!"

엄마 오리는 다시 자리에 앉았습니다.

"아이구, 어떻게 잘 지내고 있나?"

늙은 오리 아주머니가 엄마 오리를 찾아왔습니다. 엄마 오리가 말했습니다.

"알 하나 때문에 일어날 수가 없네요. 깨질 생각을 안 해요. 그런데 다른 애들을 좀 보세요. 제가 평생 본 것 중에 제일 예쁜 오리 새끼들이에요. 다들 제 아빠를 닮았죠. 아무짝에도 쓸모없는 인간 같으니! 한 번도 찾아오질 않아요."

늙은 오리 아주머니가 말했습니다.

"깨지지 않은 그 알 좀 보여 주게. 보아하니 칠면조 알일 것 같은데. 나도 한 번 당한 적이 있지. 애들이 어릴 때 얼마나 고생을 했는지 몰라. 물을 무서워해서 근처에도 갈 생각을 안 하잖아. 아무리 화를 내고 혼을 내 봐도 소용이 없더라고. 어디 그 알 좀 보자…… 아, 역시나! 칠면조 알이 맞네. 이 알은 내버려 두고 다른 아이들에게 수영하는 법이나 가르쳐 줘."

엄마 오리는 말했습니다.

"조금만 더 품고 있을래요. 그렇게 오래 앉아 있었는데 이왕이면 나올 때까지 기다리죠."

"마음대로 하구려."

늙은 오리 아주머니는 뒤뚱뒤뚱 걸어갔습니다.

마침내 거대한 알이 '빠지직 빠지직' 금이 가고 깨지더니 머리가 불쑥 튀어나왔습니다. 그런데 아! 얼마나 크고 못생겼던지! 엄마 오리는 그 아이를 바라보며 말했습니다.

"몸집이 크고 힘이 센 아이로구나. 다른 아이들이랑은 전혀 달라. 이 아이가 수컷 칠면조인가? 뭐, 그건 곧 알게 되겠지. 이 아이도 물에 들어가야 해. 내가 밀어 넣어야겠지만!"

다음 날은 날씨가 쾌청했고 햇살이 녹색 잎을 따사롭게 감싸 안았습니다. 엄마 오리는 새끼들을 전부 데리고 운하로 내려갔습니다. 엄마 오리가 물속으로 풍덩 뛰어들며 "꽥꽥" 하고 외치자, 오리 새끼들이 한 마리씩 물속으로 뛰어들었습니

다. 물속으로 풍덩 잠겼던 오리 새끼들이 다들 수면 위로 올라와 기분 좋게 헤엄을 쳤습니다. 쉽게 다리를 움직이면서요. 오리 새끼들 모두가, 못생긴 회색 오리 새끼조차 물속에 들어갔습니다. 엄마 오리가 말했습니다.

"아니야! 이 아이는 칠면조가 아니야. 저렇게 멋지게 다리를 움직이는 걸 봐. 꼿꼿하게 몸을 세우고 있는 걸 봐. 이 아이는 내 아이가 분명해! 그리고 자세히 뜯어볼수록 참 예쁘게 생겼다니까. 꽥꽥, 자 이리 오렴. 너희들을 세상 밖으로 데리고 나가 오리 마당을 구경시켜야겠어. 하지만 엄마 곁에 바싹 붙어야 해. 자칫하면 밟힐 수도 있으니까. 그리고 고양이는 조심해야 해."

그렇게 오리 가족은 오리 마당으로 나갔습니다. 그곳에서는 끔찍한 소란이 벌어지고 있었습니다. 두 가족이 남은 뱀장어를 두고 싸움을 벌이고 있었고, 결국 뱀장어는 고양이가 가져갔습니다.

"봤지, 애들아. 이게 바로 세상이란다."

엄마 오리는 부리를 쓱 훔치며 말했습니다. 엄마 오리는 구운 뱀장어를 참 좋아했거든요.

"자 이제 다리를 움직여. 꼭 붙어 서서 저쪽에 보이는 늙은 오리에게 고개를 숙여 인사하렴. 저분은 이곳에 있는 모든 오리 중 가장 고귀한 분이고 스페인 혈통이시지. 저 위엄 있는 외모와 태도를 봐. 그리고 다리를 보렴, 저분 다리에 빨간 헝겊이 달려 있지? 정말 근사하지 않니? 이곳의 오리 중에 저런 걸 가지고 있는 오리는 저분뿐이야. 발을 안쪽으로 구부리지 마. 제대로 교육을 받은 아기 오리들은 언제나 엄마, 아빠처럼 다리를 넓게 벌려야 해. 그렇지, 그렇게. 자, 이제 고개를 숙이고 '꽥'이라고 말해."

오리 새끼들은 엄마 오리가 시키는 대로 했습니다. 하지만 마당에 있던 다른 오리들은 이렇게 쑥덕거렸습니다.

"저길 봐, 또 다른 가족이 왔어. 안 그래도 마당이 좁아 터졌는데 말이야. 세상에, 저런! 저렇게 못생긴 오리도 다 있네! 진짜 못 봐주겠다."

그러더니 한 마리가 못생긴 오리 새끼에게 달려들어 목을 물었습니다. 엄마 오리가 말했습니다.

"우리 아이를 건드리지 말아요. 이 아이는 아무도 해치지 않았잖아요."

"그래. 하지만 이렇게 몸집이 크고 이상하게 생겼으니 놀림거리가 될 거야."

다리에 빨간 헝겊을 단 늙은 여왕 오리가 한 마디 했습니다.

"그 아이들은 훌륭한 엄마를 둔 착한 아이들이야. 다들 예쁜데 한 마리만 다르군. 그 아이는 앞으로 살아가기 힘들겠어. 차라리 다시 알로 들어가면 좋으련만."

엄마 오리가 말했습니다.

"그건 불가능하잖아요. 제발요, 폐하. 분명 이 아이가 잘생긴 건 아니지만, 아주 착한 아이고 다른 아이들처럼 수영도 잘해요. 아니, 오히려 다른 아이들보다 잘하는걸요. 조만간 이 아이도 다른 아이들처럼 자랄 거예요. 몸집도 좀 작아 보일지 모르고요. 이 아이는 알 속에 너무 오래 있어서 달라 보이는 것뿐이에요."

엄마 오리는 못생긴 오리 새끼의 목을 부리로 긁고, 아이의 몸 전체를 토닥였습니다. 그리고 덧붙였습니다.

"게다가 이 아이는 수오리예요. 아주 튼튼한 오리로 자랄 테니 별문제 없을 거예요. 분명 어떤 어려움이 닥쳐도 잘 헤쳐 나갈 거예요."

늙은 여왕 오리가 말했습니다.

"다른 오리들은 아주 예쁘구나. 편히 지내도록 하거라. 그리고 뱀장어 머리를 찾으면 내게 가져오도록 해."

그래서 오리 가족은 그곳에서 살게 되었습니다. 하지만 알에서 가장 늦게 나오고 너무나 못생긴 불쌍한 오리 새끼는 툭

하면 오리와 닭에게 물리고 쪼이고 괴롭힘을 당했습니다. "너무 크잖아."라고 다들 입을 모아 말했지요. 며느리발톱을 달고 태어나 자신이 황제라도 되는 줄 아는 수컷 칠면조는 돛을 전부 올린 배처럼 몸을 한껏 세우고 미운 오리 새끼에게 달려들었습니다. 이 불쌍한 어린 것은 어찌할 바를 몰랐습니다. 너무나 못생긴 자신의 외모 때문에, 또 이 마당의 놀림거리라는 사실 때문에 미운 오리 새끼는 너무 우울했습니다.

그렇게 첫날이 지났고, 이후로도 상황은 점점 더 나빠지기만 했습니다. 모두가 이 불쌍한 미운 오리 새끼를 흉봤습니다. 형제자매조차 미운 오리 새끼에게 심술을 부리며 툴툴거렸습니다.

"고양이가 잡아갔으면 좋겠네. 이 못생긴 녀석!"

엄마 오리는 말했습니다.

"아, 네가 멀리 떠날 수만 있다면!"

미운 오리 새끼를 오리들은 물고, 암탉들은 쪼고, 모이를 주러 나온 소녀는 발로 걷어찼습니다. 미운 오리 새끼는 울타리를 훌쩍 뛰어넘었습니다. 덤불에 있던 작은 새들이 화들짝 놀라며 하늘로 날아올랐습니다.

'내가 너무 못생겨서 저러는 거야.'

미운 오리 새끼는 생각했습니다. 미운 오리 새끼는 눈을 질

끈 감고 계속 달려갔습니다. 마침내 야생 오리들이 사는 너른 습지에 도착했습니다. 너무나 지치고 외로웠던 미운 오리 새끼는 이곳에서 하룻밤을 보냈습니다. 아침이 되자 잠에서 깬 야생 오리들이 새로 온 동료를 발견했습니다.

"세상에, 넌 누구니?"

우리의 미운 오리 새끼는 주위를 모두 둘러보며 최대한 공손하게 인사를 했습니다. 야생 오리들이 말했습니다.

"넌 정말 보기 드물게 못생겼구나. 하지만 아무래도 상관없어. 네가 우리 가족과 결혼하지만 않는다면 말이야."

불쌍한 것! 미운 오리 새끼는 결혼에 대한 생각을 한 번도 해 본 적이 없었습니다. 미운 오리 새끼는 그저 갈대밭에 몸을 누이고 습지의 물을 마시게 해 달라고 애원했습니다. 미운 오리 새끼는 그곳에서 이틀을 꼬박 지냈습니다. 셋째 날에 두 마리의 야생 오리, 혹은 거위가 왔습니다. 뻔뻔한 행동거지를 보니 알에서 깨어난 지 얼마 되지 않은 모양이었습니다. 그 둘이 미운 오리 새끼에게 말했습니다.

"야, 너! 못생긴 게 아주 마음에 드는데. 우리랑 같이 가서 철새가 될래? 여기서 멀지 않은 또 다른 습지에 친절하고 상냥한 야생 오리 떼가 있어. 얼마나 착한지 '쉭, 쉭' 소리밖에 안 한다니까. 너같이 못생긴 애를 끼워 준다는 걸 엄청난 행운인 줄 알라고."

빵! 그 순간 느닷없이 총소리가 울려 퍼졌고, 야생 오리 두 마리는 총에 맞아 갈대밭으로 떨어졌습니다. 순식간에 물이 피로 빨갛게 물들었습니다. 빵! 또다시 총성이 울리자 갈대밭에 숨어 있던 야생 오리 떼가 푸드덕 하늘로 날아올라 갔고, 계속해서 총성이 울렸습니다.

어마어마한 사냥꾼 무리가 몰려왔습니다. 사냥꾼들이 온 사방에 매복하고 있었습니다. 습지 위로 거대한 가지를 뻗은 나무 위에도 앉아 있었습니다. 빽빽한 숲에서는 파란 연기가 안개처럼 피어오르다가 수면 위로 떨어지면서 흩어졌습니다. 사냥개들이 진흙탕 위를 텀벙거리며 뛰어다녔고 갈대와 덤불이 사방으로 휘었습니다. 불쌍한 오리 새끼는 얼마나 겁에 질렸던지! 미운 오리 새끼가 날개 아래에 숨을 생각으로 고개를 돌리는 순간, 가까이에 서 있는 무시무시하게 생긴 개한 마리가 보였습니다. 개는 혀를 길게 빼물고 있었고 두 눈은 형형하게 빛났습니다. 우리의 미운 오리 새끼를 발견한 개는 입을 쩍 벌리며 날카로운 하얀 이빨을 드러내고는, 텀벙텀벙! 미운 오리 새끼를 건드리지 않고 그대로 가 버렸습니다. 미운 오리 새끼는 안도의 한숨을 쉬었습니다.

"아! 다행이다. 내가 너무 못생겨서 개조차 날 먹지 않는구나."

이제 미운 오리 새끼는 자리에 납작 엎드렸고, 그러는 동안
에도 갈대밭에서는 총성이 계속 울려 퍼졌습니다. 오후 늦어
서야 겨우 총성이 멈추었지만, 그래도 불쌍한 미운 오리 새끼
는 감히 움직일 엄두가 나지 않았습니다. 총성이 멈추고 서너
시간이 더 지나서야 주위를 둘러본 다음, 최대한 빨리 습지에
서 빠져나왔습니다. 미운 오리 새끼는 들판과 풀밭을 달렸지
만, 바람이 거세게 몰아쳐 앞으로 나아가기가 힘들었습니다.

해 질 무렵에 미운 오리 새끼는 작고 낡은 헛간을 발견했
습니다. 헛간은 너무 낡아서 어디부터 쓰러져야 할지 모르는
듯 서 있었습니다. 바람이 너무 거세게 불어와 우리의 불쌍한
미운 오리 새끼는 쓰러지지 않으려고 꼬리로 몸을 지탱했습
니다. 하지만 바람은 점점 더 거세게 몰아쳤습니다. 미운 오
리 새끼는 경첩 하나가 빠져 비뚤게 달려 있는 문을 발견하
고 그 틈 사이로 들어갔습니다.

헛간 안에는 할머니 한 명이 고양이, 암탉과 함께 살고 있
었습니다. 할머니가 어린 아들이라 부르는 고양이는 등을 치
켜세우며 기분 좋게 가르랑거리는 법을 알고 있었습니다. 여
차해서 잘못 쓰다듬으면 불꽃이라도 내뿜을 듯 카랑카랑하
게 소리를 지를 줄도 알았습니다. 암탉은 다리가 너무 짧아 '

숏다리 꼬꼬'라고 불렸습니다. 그 암탉은 아주 훌륭한 알들을 품고 있었고, 할머니는 암탉을 친자식처럼 아꼈습니다.

다음 날 아침 미운 오리 새끼는 고양이와 암탉에게 발각되고 말았습니다. 고양이가 야옹거리기 시작했고 암탉은 꼬꼬거리며 울었습니다.

"무슨 일이야?"

할머니가 물으며 주위를 둘러보았습니다. 허나 할머니는 눈이 나빠 오리 새끼를 길 잃은 살찐 오리로 보았습니다.

"이거야 복덩어리가 굴러들어 왔네."

할머니가 말했습니다.

"이젠 오리 알도 얻을 수 있겠구나. 수컷만 아니라면 말이지. 한 번 시도해 봐야겠구나."

그래서 할머니는 삼 주 동안 미운 오리 새끼를 지켜보았지만, 알은 나올 생각을 하지 않았습니다.

고양이는 집주인, 암탉은 안주인 노릇을 했고, 둘은 툭하면 "우리와 세상"이라고 말했습니다. 둘은 자신이 세상의 반일뿐 아니라 훨씬 더 나은 반이라고 여겼으니까요. 미운 오리 새끼가 다른 의견을 말하려고 했지만 암탉은 허락해 주지 않았습니다.

암탉이 물었습니다.

"너 알 낳을 수 있니?"

"아니요."

"그렇다면 입 다물어."

고양이가 물었습니다.

"너 등 세울 수 있어? 가르랑거릴 수 있어?"

"아니요."

"그렇다면 우리 이런데 감히 또 덤벼 마."

그렇게 미운 오리 새끼는 풀로 뭉하게 구석에 앉았습니다. 하지만 마땅속에 신선한 공기와 환한 햇살이 떠오르자 다시 수영을 하고 싶다는 열망이 솟아올랐고, 암탉에게 털어놓았습니다.

암탉이 말했습니다.

"그게 무슨 말도 안 되는 소리야? 아무것도 안 하고 빈둥거리고 있으니 그런 터무니없는 생각이나 하는 거야. 알을 낳든지, 아니면 가르랑거리든가 해. 그러면 그런 생각은 잊게 될 거야."

미운 오리 새끼가 말했습니다.

"하지만 수영하는 게 얼마나 근사한데요. 물속에 머리를 담그고 바닥까지 풍덩 들어가는 게 얼마나 근사한데요."

암탉이 말했습니다.

45

"흥, 그런 게 중요한다 참 희한하네. 아무래도 넌 제정신이 아닌 것 같아. 고양이한테도 물어봐. 내가 아는 동물 중에 가장 똑똑하니까. 고양이한테 수염을 하려나 수염 바깥까지 명 밖 어딜 들고 싶은지 물어봐. 우리 주인 할머니에게도 물어봐. 세상에 고분보다 더 현명한 분은 없지. 고분이 수염을 하는 걸 좋아하려 할 것 같아? 바디까지 물속에 중 담그는 걸 좋아하실 것 같아!?"

미운 오리 새끼가 말했습니다.

"당신은 저를 이해하지 못하는군요."

"뭐, 우린 널 이해 못해! 넌 내가 난 물론이고 고양이와 할머니보다 더 현명하다고 생각하는구나. 그런 해도 생각은 집어치우고, 우리가 네게 베풀어 준 친절을 고맙게 여겨. 넌 지금 따뜻한 집 안에 머물면서, 다른 이들과 어울려 사는 배우고 있잖니? 하지만 넌 아무짝도 모르는 수면에다게, 너랑 어울리는 게 피곤하구나. 내 말 들어, 다 네 잘됐으라고 하는 말이야. 네게 멀갑지 않은 진실이겠지만, 진정이 친구만이 이런 말을 해 줄 수 있는 거야. 자지, 한 단이라도 가능한지 더는 법을 배우든지, 알을 낳는 법을 배우려고 노력해 봐."

"저는 다시 한 번 넓은 세상에 나가 볼래요."

암탉이 대답했습니다.

"그럼 가려무나."

그렇게 다시 한 번 미운 오리 새끼는 세상 밖으로 나왔습니다. 수면 위를 헤엄치기도 하고 물속으로 풍덩 잠수를 하기도 했지만, 못생긴 탓에 아무도 미운 오리 새끼에게 말을 걸어 주지 않았습니다. 그리고 가을이 왔습니다. 잎들이 노란색과 갈색으로 물들었고, 바람이 불어오면 잎들은 공중에서 춤을 추었습니다. 공기는 매우 차갑고, 구름은 우박이나 눈을 가득 머금었고, 까마귀는 울타리에 앉아 깍깍 울었습니다. 불쌍한 미운 오리 새끼에게 세상은 그다지 안락한 곳이 아니었습니다!

어느 날 저녁이었습니다. 유난히도 밝은 태양이 질 무렵, 거대하고 아름다운 새 떼가 덤불 속에서 나왔습니다. 미운 오리 새끼는 그렇게 아름다운 것은 생전 처음 보았습니다. 깃털은 눈부신 하얀색이었고 목은 길고 호리호리했습니다. 그들은 백조였습니다. 그들은 외마디 울음소리를 내뱉고는 길고 근사한 날개를 펼치더니, 너른 바다를 건너 더 따뜻한 나라로 날아갔습니다. 아주 높이, 더 높이 날아갔습니다! 미운 오리 새끼는 기분이 너무 이상했습니다. 물방아 바퀴처럼 물속을 뱅글뱅글 돌며 그들을 보려고 목을 길게 빼며 커다랗고 이상한 울음소리를 내뱉었습니다. 하지만 자신이 낸 울음소리에 화들짝 놀랐습니다. 아! 그 고귀한 새들, 그 행복한 새들의 모습을 잊을 수가 없었습니다. 그들의 모습이 더는 보이지 않자, 미운 오리 새끼는 수면 바닥으로 쑥 들어갔다가 다시 수면 위로 솟아올랐습니다. 미운 오리 새끼는 그 새들의 이름이 뭔지, 그들이 어디로 날아가는지도 몰랐지만, 세상 그 어느 것보다 그들이 좋았습니다. 미운 오리 새끼는 그들을 질투하지 않았습니다. 그렇게 아름다워지고 싶다는 생각조차 하지 못했을 테니까요. 그저 오리 마당의 오리들이 자신을 받아 주기만 한다면 그걸로 만족했을 테니까요. 아, 불쌍한 미운 오리 새끼!

그해 겨울은 너무 추웠습니다! 미운 오리 새끼는 몸이 꽁꽁 얼어붙을까 봐 물속을 헤엄치고 또 헤엄쳤습니다. 하지만 매일 밤 미운 오리 새끼가 수영할 수 있는 물은 점점 더 작아졌습니다. 물이 얼어 얼음 조각들이 바스락거렸습니다. 미운 오리 새끼는 물이 완전히 얼어 버리지 않도록 계속 다리로 물을 휘저었습니다. 마침내 지쳐 버린 미운 오리 새끼는 얼음 속에서 뻣뻣하게 얼어붙었습니다.

다음 날 아침 일찍 지나가던 농부가 미운 오리 새끼를 발견했습니다. 농부는 나무 신발로 얼음을 깨고 미운 오리 새끼를 집에 데려가 아내에게 주었습니다. 미운 오리 새끼는 다시 기운을 되찾았습니다. 아이들이 미운 오리 새끼와 함께 놀려고 했지만, 우리의 미운 오리 새끼는 아이들이 자신을 괴롭히려는 줄로만 알았습니다. 미운 오리 새끼는 겁에 질린 나머지 우유 통으로 풀쩍 뛰어들었고, 우유가 방 안에 쏟아졌습니다. 주인 여자가 비명을 질렀습니다. 그러나 미운 오리새끼는 계속해서 버터를 담아 둔 냄비로, 곡식 가루가 담긴 통으로 날아들었습니다. 그 모습이 얼마나 우스꽝스럽던지!

주인 여자는 비명을 지르며 부젓가락으로 미운 오리 새끼를 때렸습니다. 아이들도 저마다 웃음을 터트리고 비명을 지르며 미운 오리 새끼를 잡으려 뛰어다녔습니다. 다행히도 문이 열려 있었습니다. 미운 오리 새끼는 덤불 사이로 뛰어 들어가 새로 내린 눈밭에 앉았습니다. 그곳에 멍하니 앉아 있었습니다.

미운 오리 새끼가 추운 겨울 동안 겪은 고난과 비참함은 이루 말로 다 할 수 없을 정도입니다. 미운 오리 새끼는 갈대밭 사이의 습지에서 겨울을 보냈고, 태양이 다시 따뜻한 햇살을 내뿜고 종달새가 노래하는 아름다운 봄이 돌아왔습니다.

다시 한 번 미운 오리 새끼는 날개를 흔들었습니다. 날개가 전보다 더 튼튼해져 빨리 앞으로 나아갈 수 있었습니다.

미운 오리 새끼는 어느새 사과나무들이 활짝 꽃을 피우고 구불구불한 운하 아래로 길고 푸르른 가지를 뻗고 달콤한 향기를 뿜어내는 라일락이 가득한 커다란 정원에 도착했습니다. 아! 참으로 사랑스럽고, 봄의 신선함이 가득한 광경이었습니다! 그리고 덤불 안에서 세 마리의 아름답고 하얀 백조가 나

왔습니다. 백조들은 무척 자랑스럽게 깃털을 뽐내며 아주 가볍게 헤엄을 쳤습니다! 이 우아한 새들을 알아본 미운 오리 새끼는 묘한 슬픔에 사로잡혔습니다. 미운 오리 새끼는 말했습니다.

"저들에게, 저 위풍당당한 새들에게 날아갈 거야! 내가 이렇게 못생겼으니 내가 다가가면 날 죽이겠지. 하지만 상관없어. 오리에게 물리고, 암탉에게 쪼이고, 모이를 주러 나오는 소녀에게 발로 차이고, 겨울 내내 그토록 고생하는 것보다는 차라리 저들에게 죽임을 당하는 게 나아!"

미운 오리 새끼는 물속으로 날아가 아름다운 새들에게 다가갔습니다. 그들이 미운 오리 새끼를 보고 다가왔습니다. 불쌍한 미운 오리 새끼는 생각했습니다.

'날 죽이겠지.'

미운 오리 새끼는 죽음을 예상하고 고개를 숙였습니다. 그런데 고개를 숙였을 때 무엇을 보았을까요? 수면에 비친 자신의 모습을 보았습니다. 더는 뚱뚱하고 못생긴 회색 오리가 아니었습니다. 백조였습니다. 비록 오리 마당에서 태어났지만, 백조의 알에서 부화한 것입니다. 미운 오리 새끼는 그동안 겪은 모든 고난과 역경에서 벗어난 것 같은 기분이 들었습니다. 이제야 진정한 행복을 깨달았습니다. 커다란 백조

51

들이 미운 오리 새끼의 주변을 맴돌며 부리로 부드럽게 두드렸습니다.

그 정원에는 어린아이들 몇 명이 뛰어 놀고 있었습니다. 아이들은 물속으로 곡식과 빵조각을 던지고 있었는데, 그 중 가장 어린아이가 외쳤습니다.

"저기 새로 온 새가 있다!"

그러자 다른 아이들도 외쳤습니다.

"그러게, 처음 보는 백조가 왔네!"

아이들은 좋아서 박수를 치며 춤을 추었습니다. 아이들은 어머니와 아버지에게 달려갔고, 물속으로 빵과 케이크를 던져 주었습니다. 모두들 말했습니다.

"새로 온 백조가 제일 멋있네. 아주 어리고 아름다워!"

그리고 늙은 백조들은 어린 백조 앞에서 고개를 숙였습니다. 어린 백조는 부끄러운 마음에 날개 속에 머리를 묻었습니다. 어떻게 해야 할지 몰랐고 무척 행복했습니다. 하지만 그래도 우쭐해하지는 않았습니다. 선량한 마음은 결코 우쭐해하지 않는 법이니까요.

어린 백조는 그동안 수없이 구박을 당하고 비웃음을 받았지만, 이제는 모두들 그가 새 중에서도 가장 아름답다며 입을 모아 칭송했습니다. 라일락들도 어린 백조를 향해 가지를 낮게 드리웠고, 햇살은 매우 따사롭고 환하게 비추었습니다. 어린 백조는 깃털을 흔들고 호리호리한 목을 길게 폈습니다. 심장에서는 기쁨이 샘솟았습니다.

"못생기고 구박받던 오리 새끼 시절에는 이렇게 큰 행복이올 줄 꿈에도 몰랐어!"

# 낙원의 뜰

옛날에 세상 그 누구보다도 더 방대하고 아름다운 책을 수집한 왕자가 있었습니다. 책뿐만 아니라 근사한 구리 인쇄판도 많이 가지고 있었습니다. 왕자는 책을 읽고 모든 땅의 모든 사람들에 관한 정보를 수집할 수 있었습니다. 하지만 왕자가 가장 알고 싶었던 낙원의 뜰에 관한 이야기는 단 한 마디도 찾을 수가 없었습니다. 아주 어린 시절, 겨우 학교에 들어갈 무렵에 왕자의 할머니는 낙원의 뜰에 피어난 꽃은 달콤한 케이크이며, 암술에는 향기로운 와인이 가득 차 있고, 어느 꽃에는 역사가 적혀 있으며, 또 어느 꽃에는 지리나 연표가 적혀 있다고 말해 주었습니다. 그래서 무언가를 알고 싶은 사람들은 케이크를 먹으면 되고, 더 많이 먹을수록 역사

54

와 지리, 혹은 연표에 대해 알게 된다고요. 당시 왕자는 할머니의 말을 고스란히 믿었습니다. 하지만 나이를 먹고 더 많이 배우면서, 낙원의 뜻은 할머니의 말과 다르다는 것을 알 정도로 현명해졌답니다.

"아, 왜 이브는 지식의 나무에서 열매를 딴 것일까? 왜 아담은 금단의 열매를 먹은 것일까?"

왕자는 궁금했습니다.

"내가 그곳에 있었더라면 그런 일은 절대 일어나지 않았을 테고, 세상에는 죄가 없을 텐데."

낙원의 뜻에 대한 궁금증에 휩싸인 채로 왕자는 열일곱 살이 되었습니다. 어느 날, 왕자는 홀로 숲 속을 거닐었습니다. 숲을 산책하는 것은 왕자가 가장 좋아하는 것이었죠. 그러다 어느새 날이 저물었습니다. 하늘에 먹구름이 모여들더니 하늘이 뻥 뚫린 것처럼 장대비가 쏟아졌습니다. 숲 속은 한밤중의 우물 바닥처럼 깜깜했습니다. 왕자는 미끄러운 풀을 밟거나, 울퉁불퉁한 바닥에 튀어나온 돌부리에 걸려 넘어지기도 했습니다. 불쌍한 왕자는 흠뻑 젖고 말았습니다. 왕자는 마침내 커다란 바위 위로 올라갔습니다. 바위를 뒤덮은 빽빽한 이끼에서는 물이 솟구쳐 나왔습니다. 금방이라도 기절할 것처럼 머리가 어질어질한 순간, 너무나 희한한 소리가 들리더니 커다란 동굴과 그 안에서 새어 나오는 빛줄기가 보였습니다. 그 동굴 한가운데에서는 거대한 모닥불이 활활 타올랐고, 소나무 그루터기에 걸쳐 놓은 쇠꼬챙이에 뿔이 달린 큼지막한 수사슴 한 마리가 꽂혀 있었습니다. 사슴은 천천히 모닥불 위에서 돌아갔고, 남자가 변장한 것처럼 몸집이 건장한 노파가 모닥불 앞에 앉아 나무토막을 하나씩 하나씩 불길 속으로 던지고 있었습니다. 노파가 왕자에게 말했습니다.

"들어오너라. 모닥불 앞에 앉아서 몸 좀 말려."

왕자는 바닥에 앉으며 말했습니다.

"여긴 바람이 굉장히 세네요."

노파가 대답했습니다.

"내 아들들이 돌아오면 더 심해질 거야. 네가 있는 이곳은 바람의 집이고, 내 아들들은 하늘의 네 바람이지. 무슨 말인지 알겠나?"

왕자가 물었습니다.

"아드님들은 어디 있나요?"

노파가 위쪽을 가리키며 말했습니다.

"바보 같은 질문이라 대답하기가 어렵구먼. 우리 아들들이 얼마나 바쁜데. 지금은 왕궁 위에서 구름을 던지며 놀고 있지."

왕자가 대답했습니다.

"아, 그렇군요. 그런데 부인은 제가 아는 여자들과 달리 말투가 부드럽지 않고 거칠고 우악스럽네요."

"그래, 그 여자들이야 달리 할 일이 없으니까 그런 거야. 나야 넷이나 되는 아들을 다스리려면 엄하게 굴 수밖에. 그 녀석들이 아무리 고집이 세도 나한테는 꼼짝도 못하지. 저 벽에 걸린 자루 네 개가 보이나? 우리 아들들은 자네가 거울 뒤의 쥐를 무서워하던 것만큼이나 저 자루들을 무서워하지. 나는 우리 아들들을 한데 구부려 저 자루 안에 넣을 수 있어. 애들은 반항할 생각도 못해. 정말이야. 저 자루 안에 얌전히 들어가서, 내가 나오라고 허락해 줄 때까지는 감히 나올 엄두를 못 내지. 이제 한 명이 오는구먼."

안으로 들어온 건 북풍이었습니다. 그와 함께 차갑고 날카로운 돌풍이 몰아쳤습니다. 바닥에서 커다란 우박들이 덜거덕거렸고, 온 사방으로 눈송이가 날렸습니다. 북풍은 곰 가죽으로 만든 옷과 망토를 걸치고 있었습니다. 물개 가죽 모자를 귀까지 덮어썼고, 턱수염에는 기다란 고드름이 주렁주렁 달려 있었으며, 외투 깃에서는 우박이 연달아 굴러떨어졌습니다. 왕자가 말했습니다.

"모닥불에 너무 가까이 가지 마세요. 그랬다가는 손과 얼

57

굴에 동상을 입을 거예요."

"동상이라!"

북풍이 너털웃음을 터트렸습니다.

"내가 추운 걸 얼마나 좋아하는데. 꼬맹이, 너는 누구냐? 어떻게 바람의 동굴을 찾은 거지?"

노파가 끼어들었습니다.

"그 애는 내 손님이야. 그게 마음에 들지 않으면 자루 안으로 들어가든가. 내 말 알아듣겠니?"

그것으로 문제는 해결되었습니다. 이제 북풍은 지난 한 달 동안 있었던 모험 이야기를 꺼냈습니다.

"북극해에서 오는 길이에요. 러시아 바다코끼리 사냥꾼들이랑 같이 곰 섬에 있었죠. 노스곶에서 곰 섬으로 향하는 그 사냥꾼들 배의 키에서 앉고 자고 했죠. 내가 깨어 있을 때면 가끔씩 폭풍우를 알리는 새들이 내 다리에서 날아다녔어요. 호기심이 많은 새들이더라고요. 날갯짓을 한 번 하더니 날개를 쫙 펴고 멀리 날아올랐죠."

바람의 어머니가 말했습니다.

"그렇게 구구절절 늘어놓을 것 없다. 곰 섬은 어떤 곳이더냐?"

"아주 아름다운 곳이에요. 바닥은 접시처럼 매끄럽고 납작

해서 춤추기에 딱 좋아요. 반쯤 녹은 눈은 여기저기 이끼와 날카로운 돌멩이들로 덮여 있고, 푸르뎅뎅하게 썩어 가는 바다코끼리와 북극곰의 거대한 뼈가 온 사방에 널려 있어요. 마치 태양은 절대 그곳을 비추지 않는 것 같지요. 안개를 날려 버리려고 살짝 입김을 불었더니 작은 헛간이 하나 보였어요. 난파선의 나무를 가져다 지은 집이었고, 바다코끼리의 가죽을 덮어 놨는데 살이 붙은 쪽을 바깥으로 보이게 해 놨더군요. 색은 푸르뎅뎅하고 불그죽죽했고, 그 지붕 위엔 울부짖는 곰 한 마리가 앉아 있었어요. 그 후엔 새 둥지를 살펴보러 바닷가로 나갔더니, 아직 깃털도 나지 않은 새끼들이 입을 쫙 벌리고 먹이를 달라고 짹짹거렸어요. 그 작은 목구멍에 입김을 불었더니 금방 입을 다물었죠."

바람의 어머니가 말했습니다.

"모험 이야기를 아주 잘 해 주었다, 아들아. 네 이야기를 들으니 입안에 군침이 도는구나."

북풍이 이야기를 계속했습니다.

"그 후에 사냥꾼들이 사냥을 시작했어요. 작살이 바다코끼리의 가슴을 뚫었더니 핏물이 분수처럼 뿜어져 나와 얼음 위로 흩뿌려졌지요. 그래서 저도 사냥을 해 보기로 했어요. 입김을 불어 거대한 빙산을 움직여서 배를 박살 냈어요. 아, 선

59

원들이 얼마나 울부짖으며 고함을 질러 대던지! 하지만 제가 그 선원들보다 더 크게 울부짖었어요. 그랬더니 짐이며 죽은 바다코끼리도 내던지고, 얼음 위로 바짝 엎드렸죠. 그래서 제가 그들 위로 눈을 뿌렸어요. 남쪽으로 떠내려가는 부서진 배 위에서 소금물 맛이나 보게 내버려 두었죠. 그자들은 다시는 곰 섬으로 돌아오지 않을 거예요."

바람의 어머니가 말했습니다.

"짓궂은 장난을 친 게로구나."

"제가 한 착한 일은 다른 애들이 말해 줄 겁니다. 저기 내 동생 서풍이 오네요. 난 얘가 동생들 중 제일 좋아요. 바다 냄새가 나고 항상 차갑고 신선한 공기를 달고 다니니까."

왕자가 물었습니다.

"어린 산들바람 말인가요?"

노파가 대답했습니다.

"그래, 어린 산들바람. 하지만 그 애는 이제 어리지 않아. 아름다운 소년 시절은 지나갔다네. 그건 다 옛날 일이지."

서풍이 들어왔습니다. 야만인 같은 생김새에 머리를 보호하기 위해 비딱한 모자를 쓰고 있었습니다. 손에는 미국 숲에서 자란 마호가니 나무로 만든 곤봉을 하나 들고 있었습니다. 들고 다니기에는 꽤나 묵직해 보였습니다. 바람의 어머니가 물었습니다.

"넌 어딜 다녀오는 길이냐?"

"깊은 숲에 다녀오는 길이에요. 나무 사이마다 가시덤불이 우거진 곳이지요. 축축한 수풀에는 물뱀이 우글거리고 사람들은 모르는 숲이에요."

"거기서 뭘 했니?"

"깊은 강을 들여다보다가 강물이 바위 아래로 쏟아지는 걸 봤어요. 물방울들이 모여 구름이 되고 무지개 속에서 반짝거리며 빛났죠. 강에서 야생 물소가 헤엄치는 걸 봤지만, 거센 물살에 야생 오리 떼 한가운데로 밀려갔어요. 물살이 거세지니까 오리 떼는 공중으로 날아올랐는데 물소는 폭포 아래로 떨어졌죠. 재밌더라고요. 그래서 폭풍을 일으켜 늙은 나무들을 다 뽑아 버리고 강물 아래로 떠내려가게 했어요."

노파가 물었습니다.

"또 뭘 했지?"

"광활한 초원을 씽하니 달려갔어요. 야생마들을 쓰다듬고, 나무를 흔들어 코코아 열매를 떨어뜨렸어요. 네, 할 얘기가 아주 많아요. 하지만 지금 그 이야기를 다 할 필요는 없잖아요. 말 안 해도 다 아시면서, 안 그래요, 어머니?"

그리고 서풍은 어머니의 뺨에 키스를 했는데, 얼마나 거칠게 달려들던지 하마터면 어머니가 뒤로 나가떨어질 뻔했습니다. 아, 정말이지 서풍은 난폭한 사내였습니다.

이번에는 남풍이 들어왔습니다. 머리에는 터번을 두르고 베두인족이 입는 망토를 걸치고요.

"어우, 왜 이렇게 추워!"

남풍은 이렇게 말하며 모닥불에 나무를 더 넣었습니다.

"북풍 형님이 나보다 먼저 돌아온 건 안 봐도 알겠네."

북풍이 대꾸했습니다.

"왜, 곰을 구울 수 있을 정도로 뜨끈뜨끈하지 않아?"

남풍이 받아쳤습니다.

"곰은 형님이지."

노파가 끼어들었습니다.

"둘 다 자루 안에 들어가고 싶은 게냐? 자, 남풍은 저기 저 돌 위에 앉아 어딜 다녀왔는지 말해 보려무나."

"아프리카에 다녀왔어요, 어머니. 카피르 땅에서 사자 사냥을 하는 호텐토트 부족과 함께 나갔죠. 그곳은 올리브 그린 색의 풀밭으로 뒤덮인 평야예요. 이곳에서 타조와 경주를 했는데 제가 금방 앞섰어요. 그러다 마침내 사막에 도달했죠. 금빛 모래가 쫙 깔린 게 해저 바닥 같더군요. 이곳에서 사막을 건너는 여행단을 만났어요. 이 여행단은 물을 얻으려 마지막 남은 낙타를 막 죽인 상태였죠. 그것으로도 부족해서 작열하는 태양 아래 광활하게 끝없이 펼쳐진 사막의 뜨거운 모래 위를 걸으며 고통스러운 여행을 계속했어요. 그래서 저는 모래 위를 뒹굴어 뜨거운 모래 기둥을 만들어서 그들의 머리 위를 지나갔죠. 낙타들은 겁에 질려 꼼짝도 못하고 섰고, 상인들은 머리에 카프탄을 뒤집어쓰더니 알라 앞에서 하는 것처럼 제 앞에서 바닥에 납작 엎드렸어요. 그래서 저는 모래 피라미드 아래에 그들을 묻어 버렸어요. 전부 다요. 다시 그곳을 찾아갔을 때 입김을 불어 모래를 날려 버렸으니 태양에 뼈가 하얗게 탈색될 테고, 사막을 여행하는 자들이 앞서 간 자들의 운명을 보게 되겠죠. 워낙에 황량한 사막이니 그렇게 해야 위험하다는 걸 알 거예요."

바람의 어머니가 말했습니다.

"넌 못된 짓만 하고 다닌 게로구나. 자루 안으로 들어가거라."

그리고 노파는 순식간에 남풍을 잡아 자루 안에 집어넣었습니다. 남풍이 자루 안에 들어간 채로 바닥을 대굴대굴 굴러다니자, 노파가 그 자루 위에 앉아 꼼짝 못하게 만들었습니다. 왕자가 말했습니다.

"부인의 아드님들은 아주 활기차네요."

노파가 대답했습니다.

"그렇지. 하지만 나는 언제든 이 아이들을 고분고분하게 만들 수 있어. 이제 넷째가 오는구나."

동풍이 중국인 같은 옷차림으로 들어섰습니다. 노파가 말했습니다.

"아, 그쪽에 다녀오는 길이구나? 낙원의 뜰에 다녀올 줄 알았더니."

동풍이 대답했습니다.

"거긴 내일 가려고요. 그곳에 못 가 본 지 백 년이 됐네요. 지금은 중국에서 오는 길이에요. 모든 종이 다시 짤랑거릴 때까지 도자기 탑 주변에서 춤을 췄지요. 길거리에서 공개 태형을 하고 있었는데, 대나무 회초리들이 1급부터 9급까지 모든 고위급 관리들의 어깨 위에서 부러졌어요. 그자들이 외쳤죠. '성은이 망극하옵니다.' 하지만 마음에서 우러나온 말은 분명 아니었어요. 그래서 저는 '딩딩동' 소리가 날 때까지 종을 울렸지요."

노파가 말했습니다.

"야생 망아지 같은 녀석. 내일 낙원의 뜰에 간다니 잘 됐구나. 그곳에 다녀올 때마다 많은 걸 배워오잖니. 그곳에 가면 지혜의 샘물을 잔뜩 들이마시고, 내게도 한 병 가져다주

64

려무나."

동풍이 대답했습니다.

"그럴게요. 그런데 남풍 형님을 왜 자루 안에 넣으신 거예요? 꺼내 주세요. 형님한테 불사조에 대해 물어보고 싶은 게 있어요. 백 년에 한 번씩 찾아갈 때마다 공주님이 불사조 이야기를 듣고 싶어 하거든요. 세상에서 가장 다정하신 어머니, 어머니께서 자루를 열어 주신다면 제가 따 온 파릇파릇하고 신선한 찻잎을 두 자루 드릴게요."

"음, 찻잎을 준다고 하고, 너는 내 아들이니 자루를 열어 주마."

바람의 어머니는 자루를 열었고, 남풍이 그 안에서 기어 나왔습니다. 왕자가 망신스러운 모습을 다 본 터라 꽤나 풀이 죽은 모습이었습니다. 남풍이 동풍에게 말했습니다.

"공주님에게 이 야자수 잎을 갖다 드려. 세상에 단 한 마리뿐인 늙은 불사조가 내게 준 거야. 그 잎에 부리로 그동안 살아온 수백 년간의 역사를 적었어. 공주님에게 그 잎을 주면 늙은 불사조가 어떻게 자기 둥지에 불을 지르고 힌두교 미망인처럼 그 불길 위에 앉아 있었는지 읽을 수 있을 거야. 둥지를 둘러싼 마른 가지들이 타닥거리며 타올라 불길이 솟아오르고 불사조는 재가 되었지. 이 불길 가운데에 알이 하나 놓여 있었는데 빨갛게 타오르던 그 알이 요란한 펑 소리와 함께 터지면서 새끼 새가 하늘로 날아올랐어. 그가 바로 세상에서 유일한 불사조고, 모든 새들의 왕이야. 이 잎에 불사조가 부리로 쪼아 구멍을 하나 냈는데, 그건 불사조가 공주에게 보내는 인사말이야."

바람의 어머니가 말했습니다.

"자, 이제 뭘 좀 먹자꾸나."

그래서 다들 구운 사슴 고기를 먹기 위해 자리에 앉았습니다. 왕자는 동풍 곁에 앉았고 둘은 곧 친해지게 되었습니다. 왕자는 동풍에게 물었습니다.

"제발 말씀해 주세요. 말씀하셨던 공주님이 누구인가요? 그리고 낙원의 뜰은 어디 있죠?"

"하! 하! 거기 가 보고 싶어? 내일 나랑 같이 날아가자. 하지만 한 가지 명심해야 할 게 있어. 아담과 이브 이후로 그곳에 들어간 인간은 한 명도 없었지. 성경에서 아담과 이브 이야기는 읽었겠지?"

왕자가 대답했습니다.

"물론 읽었습니다."

"좋아. 아담과 이브가 낙원의 뜰에서 쫓겨나면서 그곳은 땅속으로 가라앉았어. 하지만 따사로운 햇살이며 감미로운

66

공기, 아름다운 풍경들은 여전해. 그곳에 있는 행복의 섬에 요정 여왕님이 살고 계시는데, 그곳에는 죽음은 절대 오지 않고 모든 것이 아름답지. 네가 내 등에 앉는다면 내일 널 데려가 주지. 그나저나 이제 이야기는 그만하자. 난 자야겠어."

그리고 그들은 모두 잠이 들었습니다. 아침 일찍 일어난 왕자는 구름 위로 높이 떠 있다는 사실을 알고 꽤 놀랐습니다. 왕자는 동풍의 등에 앉아 있었고, 동풍이 왕자를 꽉 붙들고 있었습니다. 얼마나 높이 떠 있는 것인지, 숲이며 들판, 강, 호수들이 그림 지도처럼 아래에 좍 펼쳐졌습니다. 동풍이 말했습니다.

"잘 잤어? 좀 더 자도 되는데. 교회 숫자라도 셀 거 아니면 지금 지나가는 평평한 땅에는 볼거리가 거의 없거든. 교회들은 꼭 녹색 칠판 위에 분필로 찍어 놓은 점 같아."

녹색 칠판이란 동풍이 녹색 들판과 풀밭에 붙인 이름이었습니다. 왕자가 말했습니다.

"어머님과 형님들께 작별 인사도 못했으니 죄송해서 어쩌죠."

"다들 이해할 거야. 네가 자고 있었으니까."

그리고 동풍은 전보다 더 빨리 날아갔습니다. 동풍과 왕자가 지나가자 나무의 잎들과 가지들이 부스럭댔습니다. 바다와 호수 위를 날아갈 때면 물결이 더 높아졌고, 커다란 배들은 잠수하는 백조처럼 물속으로 고개를 처박았습니다. 어둠이 내려앉았으며 해 질 녘이 되자 거대한 도시들의 모습이 매력적이었습니다. 불빛들이 깜빡거리며 반짝였습니다. 마치 종이가 타면서 하나둘씩 꺼지는 불꽃처럼요. 왕자는 기뻐하며 손뼉을 쳤습니다. 하지만 동풍은 그렇게 호들갑을 떨다가는 떨어져 교회 첨탑에 매달릴지도 모른다고 충고했습니다. 어두운 숲 속에서 독수리 한 마리가 쌩하니 날아갔습니다. 하지만 동풍은 그보다 더 빨랐습니다. 작은 말을 탄 코사크 인이 가볍게 평야를 내달렸습니다. 하지만 왕자가 탄 바람 중의 바람은 더 가볍게 내달렸습니다. 동풍이 말했습니다.

"저기가 히말라야야. 아시아에서 가장 높은 산이지. 이제 곧 낙원의 뜰에 도착할 거야."

이제 동풍은 남쪽으로 방향을 틀었고, 공기 중에는 향신료와 꽃의 향기가 물씬 풍겼습니다. 야생 무화과와 석류나무들이 즐비했고, 덩굴들이 녹색과 보라색의 포도송이들을 휘감고 있었습니다. 이곳에서 둘은 지상으로 내려갔고, 부드러운 잔디 위에 눕자, 꽃들은 환영 인사를 하듯 바람의 숨결에 고개를 숙였습니다. 왕자가 물었습니다.

"여기가 낙원의 뜰인가요?"

동풍이 대답했습니다.

"아니, 그렇진 않아. 하지만 거의 다 왔어. 저기 절벽 아래 녹색 커튼을 드리운 것처럼 포도 덩굴을 드리운 동굴이 보여? 저 동굴 안을 지나면 돼. 망토를 단단히 둘러. 여기야 태양이 절절 끓지만, 몇 발자국만 더 가면 얼어붙을 것처럼 추워질 테니까. 저 동굴 입구를 지나가는 새는 한쪽 날개는 여름에 있는 것 같고 다른 한쪽 날개는 겨울에 있는 것 같은 느낌이 들 정도지."

"그럼 이 길이 낙원의 뜰로 가는 길인가요?"

왕자는 동굴로 들어서며 물었습니다. 동굴 안은 정말로 추웠습니다. 동풍이 날개를 펼치자 빨갛게 타오르는 불꽃처럼 환하게 빛나고 추위도 곧 사라졌습니다. 이 근사한 동굴 안을 걸어가는 동안 환상적인 모양으로 늘어진 천장의 바위에서 물방울이 뚝뚝 떨어졌습니다. 가끔씩은 통로가 너무 좁아 양손과 무릎으로 기어가야 했고, 또 어떨 때는 바깥에 있는 것처럼 통로가 높고 넓었습니다. 마치 동굴 안은 석화된 오르간과 침묵하는 파이프들이 있는 죽은 자를 위한 예배당 같았습니다. 왕자가 말했습니다.

"낙원의 뜰에 가기 위해 죽음의 계곡을 건너는 것 같아요."

하지만 동풍은 한마디 대꾸도 하지 않고 멀리서 빛나는 아름다운 파란 빛을 가리킬 뿐이었습니다. 바위들은 안개가 낀 것처럼 흐릿해 보이다, 마침내 달빛 속의 하얀 구름 같이 보였습니다. 공기는 장미 계곡의 꽃향기가 가득한 산에서 불어오는 산들바람처럼 신선하고 감미로웠습니다. 공기처럼 청량한 강은 발치에서 반짝거리며 빛났고, 투명한 물속에서 금색과 은색 물고기들이 즐겁게 헤엄쳤고, 보라색 장어는 끝없이 불꽃을 내뿜었고, 수련의 넓은 잎들은 수면 위를 떠다니며 오색 무지개 빛깔로 반짝거렸습니다. 불꽃같은 색의 꽃은 램프가 기름을 빨아올리듯 물에서 영양분을 빨아들이는 것 같았습니다. 레이스와 진주로 만든 것 같은 섬세한 세공의 대리석 다리 하나가 낙원의 뜰이 있는 행복의 섬으로 이어져 있었습니다. 동풍은 왕자의 팔을 잡고 다리로 올라갔고, 꽃들과 잎들은 인간의 목소리로는 감히 흉내 낼 수 없는 풍부하고 부드러운 목소리로 왕자의 어린 시절을 담은 달콤한 노래를 불렀습니다. 뜰 안에는 수액이 풍부한 커다란 나무들이 자라고 있었습니다. 하지만 왕자는 그 나무들이 야자수인지, 아니면 거대한 수초인지 알지 못했습니다. 덩굴나무들은 녹색과 금색의 화관처럼 한데 얽혀 있었습니다. 오래된 기도서의 금박 글자나 꾸며 쓴 머리글자처럼요. 새들과 꽃들, 덩굴들은 정신없이 한데 뒤섞여 있는 것 같았습니다. 가까운 잔디

밭에는 공작 한 무리가 서 있었는데 빛나는 꼬리들이 태양을 향해 쫙 뻗어 있었습니다. 그 공작을 만져 본 왕자는 그것들이 진짜 새가 아니라 공작 꼬리 색으로 빛나는 우엉 나무의 잎들이란 것을 알고 놀랐습니다. 순하고 얌전한 사자와 호랑이들이 장난꾸러기 고양이들처럼 녹색 덤불들 사이를 뛰어다녔고, 녹색 덤불에서는 올리브 꽃처럼 향긋한 냄새가 났습니다. 사자의 갈기를 날개로 토닥거리는 산비둘기의 깃털은 진주처럼 빛났습니다. 수줍음이 많은 영양 한 마리가 근처에 서서 같이 끼여 놀고 싶은 듯 고개를 끄덕이고 있었습니다. 그때 낙원의 요정 공주가 모습을 드러냈습니다. 공주의 옷은 태양처럼 빛났고, 고요한 얼굴은 자식을 보고 즐거워하는 어머니의 얼굴처럼 행복으로 환했습니다. 공주는 젊고 아름다웠으며, 사랑스러운 아가씨들이 줄줄이 그 뒤를 따라왔는데, 다들 머리카락에 밝은 별을 하나씩 달고 있었습니다. 동풍이 공주에게 불사조의 역사가 적힌 야자수 잎을 건네자, 공주의 두 눈은 기쁨으로 반짝거렸습니다. 공주는 왕자의 손을 잡고 궁전으로 이끌었습니다. 궁전의 벽은 햇살을 받은 튤립처럼 선명한 색이었습니다. 지붕은 꽃봉오리를 뒤집어 놓은 것 같았고, 보면 볼수록 색깔들은 점점 선명하고 환해졌습니다. 왕자가 어느 창가로 다가가자, 선악의 지식이 담긴 나무로 보이는 것과 그 곁에 선 아담과 이브, 그 근처의 뱀이 보였습니다. 왕자는 말했습니다.

"저는 아담과 이브가 낙원에서 쫓겨난 줄 알았어요."

공주는 미소를 지으며, 각각의 사건이 창틀에 그림으로 기록되어 있으며, 평범한 그림과 달리 살아 있고 움직인다고 설명했습니다. 마치 거울을 들여다보는 것처럼 잎들이 바스락거리고 그 안의 사람들이 오간다고요. 왕자는 다른 창을 내다보았습니다. 이번에는 야곱의 꿈에 나오는 사다리와 날개를 펼치고 그 사다리를 오르내리는 천사들이 보였습니다. 세상에서 일어난 모든 일들이 이곳의 유리창 안에서 살아 움직였습니다. 시간만이 만들 수 있는 그림 안에서요.

이제 공주는 왕자를 커다랗고 천장이 높은 방 안으로 이끌었습니다. 그 방의 벽은 투명하고 그 투명한 벽 사이로 빛이 들어왔습니다. 이곳에는 초상화들이 있었는데, 하나하나 볼수록 점점 더 아름다워졌습니다. 수백만의 행복한 사람들의 초상화였고, 이들의 웃음소리와 노랫소리는 한데 뒤섞여 달콤한 하나의 선율이 되었습니다. 이 중 몇몇 초상화는 얼마나 높이 걸려 있는지 세상에서 가장 작은 장미 봉오리나, 종이 위에 연필로 찍은 점보다 더 작아 보였습니다. 이 방 한가운데에는 나무 한 그루가 서 있고, 늘어진 가지들에는 크고 작은 금 사과들이 주렁주렁 매달려 있었습니다. 마치 녹색 잎들 사이에 달린 오렌지 같았습니다. 그것이 바로 선악과가 달린 지식의 나무, 아담과 이브가 금단의 열매를 따 먹은 나무였습니다. 잎에서는 빨간 이슬이 또르르 흘렀는데, 마치 아담과 이브가 지은 죄에 피눈물을 흘리는 것 같았습니다. 공주가 말했습니다.

"이제 배를 타죠. 배를 타고 시원한 물 위를 달리면 기분이 상쾌해질 거예요. 하지만 자리에서 움직이면 안 돼요. 배가 출렁거리더라도요. 전 세계의 모든 나라들이 우리 앞을 스쳐 지나가겠지만 움직이지 말고 가만히 있어야 해요."

그야말로 환상적인 풍경이었습니다. 처음에는 눈이 쌓이고 구름과 검은 소나무 숲으로 뒤덮인 높은 알프스에 도착했습니다. 뿔피리 소리가 울려 퍼지고, 양치기들은 계곡에서 즐겁게 노래를 불렀습니다. 바나나 나무가 배 위로 가지들을 늘어뜨렸고, 수면 위에는 흑조들이 떠다녔으며, 멀리 해안가로 특이한 동물들과 식물들이 보였습니다. 이제는 세계의 다섯 번째 대륙인 오스트레일리아가 스쳐 지나갔습니다. 산들이 많아 멀리서는 파랗게 보였습니다. 사제들의 노랫소리가 들렸고, 뼈로 만든 드럼과 트럼펫 소리에 맞추어 춤을 추는 야만인들이 보였고, 구름 위로 솟아오른 이집트의 피라미드

와 모래 속에 묻힌 기둥들과 스핑크스들이 보였습니다. 북쪽의 사화산(死火山)들은 아무도 흉내 낼 수 없는 불꽃을 보여주었습니다. 왕자는 매우 즐거웠습니다. 그 외에도 말로 표현할 수 없는 근사한 광경들을 수백 가지는 더 보았습니다. 왕자가 물었습니다.

"여기 영원히 머물 수 있나요?"

요정 공주가 대답했습니다.

"그건 왕자님께 달려 있어요. 왕자님이 아담처럼 금지된 것을 열망하지 않는다면, 언제까지라도 여기 머물 수 있어요."

왕자가 말했습니다.

"지식의 나무에 달린 열매는 건드리지 않을 거예요. 그만큼 아름다운 과일이 풍부한걸요."

요정 공주가 말했습니다.

"왕자님의 마음을 잘 들여다보세요. 확신이 들지 않는다면 동풍과 함께 돌아가세요. 동풍은 조만간 돌아갈 테고 백 년 동안은 이곳에 오지 않을 거예요. 왕자님께는 백 시간 정도로 느껴지겠지만, 그 시간조차 유혹에 저항하기에는 긴 시간이죠. 매일 저녁 저는 물러나기 전에 이렇게 말할 거예요. '나와 함께 가요.' 그리고 손짓을 할 거예요. 하지만 왕자님은 절대 제 말을 들으면 안 되고, 저를 따라오셔도 안 돼요. 왕자님이 한 발짝을 따라올 때마다 저항하는 힘이 점점 약해질 테니까요. 일단 절 따라오면 금세 지식의 나무가 자라는 방 안에 들어서게 될 거예요. 저는 그 향긋한 가지 밑에서 잠을 잔답니다. 왕자님께서 허리를 숙여 절 바라보면 저는 미소를 지을 수밖에 없을 거예요. 왕자님이 제 입술에 키스를 하면, 낙원의 뜰은 땅속으로 가라앉고 왕자님은 혼자 남게 될 거예요. 사막에서 불어온 날카로운 바람이 왕자님 주변에서 울부짖을 테고, 차가운 비가 왕자님의 머리 위로 떨어질 테고, 왕자님은 남은 평생을 슬픔과 고뇌를 안고 살아갈 거예요."

왕자가 말했습니다.

"그래도 전 남을 거예요."

동풍은 왕자의 이마에 키스를 하고 말했습니다.

"마음 단단히 먹어. 그러면 백 년 후에 다시 만날 수 있을 거야. 안녕, 안녕."

그리고 동풍은 넓은 날개를 펼쳤습니다. 그 날개는 추수밭에 떨어지는 번개처럼, 혹은 추운 겨울의 북극광처럼 빛났습니다.

"안녕, 안녕."

나무와 꽃들이 메아리를 쳤습니다.

황새와 펠리컨 떼가 동풍의 뒤를 쫓아가 뜰의 경계선까지 데려다 주었습니다. 공주가 말했습니다.

"이제 우리는 춤을 출 거예요. 춤은 해 질 녘이 되면 끝날 테고, 왕자님과 춤을 추는 동안 저는 손짓을 하며 왕자님께 절 따라오라고 부탁할 거예요. 하지만 제 말에 따르지 마세요. 저는 앞으로 백 년간 같은 행동을 해야 해요. 그리고 매번 시험을 통과하고 유혹에 저항한다면 힘이 더 세질 거예요. 그러면 유혹에 저항하기가 더 쉬워질 테고, 마침내 유혹을 극복할 수 있을 거예요. 오늘은 첫날이니까 경고해 주는 거예요."

이제 요정은 왕자를 데리고 투명한 백합이 가득한 커다란 방 안으로 들어갔습니다. 백합의 노란 수술은 작은 금색 하프 모양이었으며, 그곳에서는 플루트와 리라의 소리가 섞인 듯한 선율이 흘러나왔습니다. 날씬하고 우아한 몸매의 아름다운 아가씨들이 투명한 천을 걸치고 떠다니듯 춤을 추었으며, 죽음이 절대 들어오지 못하고 모든 것이 불멸의 젊음으로 피어나는 낙원의 뜰에서 행복한 삶을 노래했습니다. 해가 지자 하늘이 붉은색과 금색으로 물들었고, 백합들은 장밋빛으로 물들었습니다. 그러자 아름다운 하녀들은 왕자에게 스파클링 와인을 주었습니다. 왕자는 그 와인을 마시자 전에 없던 커다란 행복을 느꼈습니다. 이제 방의 벽이 열리더니 지식의 나무가 나타났습니다. 그 나무는 눈부신 영광의 광륜으로 둘러싸여 있었습니다. 어머니가 왕자의 귀에 속삭이던 것처럼, 어머니가 노래를 불러줄 때처럼 부드럽고 다정한 목소리가 들렸습니다.

"내 아들, 내 사랑스러운 아들."

이번에는 공주가 왕자에게 손짓하며 달콤한 목소리로 말했습니다.

"나와 함께 가요. 나와 함께 가요."

첫날인데도 약속을 잊은 왕자는 공주에게 달려갔고, 공주는 계속해서 왕자에게 손짓하며 미소를 지었습니다. 주위에 가득한 향기에 왕자의 감각이 둔해졌고, 하프의 선율은 더욱더 매혹적이었으며, 그 나무 주변으로 미소를 지으며 고개를 끄덕이고 노래하는 수백만의 얼굴이 보였습니다.

"사람은 모든 걸 다 알아야 해. 사람이 지구의 주인이야."

지식의 나무는 더는 피눈물을 흘리지 않았습니다. 이슬은 이제 반짝거리는 별처럼 빛났습니다.

"어서 와요, 어서 와요."

황홀한 목소리가 계속 말했고, 왕자는 그 목소리를 따라갔습니다. 발자국을 내딛을 때마다 왕자의 두 뺨은 상기되었고, 혈관으로 피가 솟구쳤습니다. 왕자는 외쳤습니다.

"난 따라가야 해. 아름다움과 기쁨을 따라가는 건 죄가 아니야. 죄일 리 없어. 그냥 공주님이 잠자는 모습만 보는 거야. 내가 키스만 하지 않는다면 아무 일 없을 거야. 나는 유혹에 저항할 힘이 있고 확고한 의지가 있으니까 아무 일 없을 거야."

요정 공주는 눈부신 옷을 벗어 던지고 나뭇가지 위로 올라가더니, 순식간에 모습을 감췄습니다. 왕자는 말했습니다.

"나는 아직 죄를 짓지 않았어. 그리고 앞으로도 죄를 짓지 않을 거야."

그런 다음 왕자는 가지를 밀치고 공주의 뒤를 따라갔습니다. 공주는 이미 누워 잠들어 있었습니다. 낙원의 뜰의 요정답게 눈부시게 아름다웠습니다. 왕자가 그 위로 몸을 숙이자 공주는 미소를 지었고, 왕자는 공주의 아름다운 눈썹에 매달린 눈물을 보았습니다. 왕자는 속삭였습니다.

"날 위해 우는 거예요? 아, 울지 마세요. 세상에서 가장 아름다운 공주님. 이제야 낙원의 행복을 알겠어요. 영혼 깊숙이 느껴져요. 난 새롭게 태어난 것 같아요. 단 한순간이라도 이런 행복을 맛볼 수 있다면 영원한 암흑과 슬픔도 견딜 수 있어요."

왕자는 고개를 숙여 공주의 눈에 달린 눈물에 키스하고 이내 공주의 입술에 키스했습니다. 그 순간 커다랗고 무시무시

한 천둥소리가 울렸습니다. 왕자 주변의 모든 것이 무너져 폐허가 되었습니다. 사랑스러운 요정 공주와 아름다운 뜰은 깊이, 더 깊이 가라앉았습니다. 어두운 밤, 낙원의 뜰은 땅속으로 가라앉아 까마득한 아래에서 별처럼 반짝거렸습니다. 왕자는 죽음처럼 스멀스멀 찾아드는 추위를 느꼈고, 얼마 뒤 두 눈을 감고 정신을 잃었습니다. 왕자가 정신을 차렸을 때 차가운 빗줄기가 그를 때리고 있었고, 머리로 날카로운 바람이 불어왔습니다.

"아아! 내가 무슨 짓을 저지른 거지?"

왕자는 깊은 한숨을 쉬었습니다.

"내가 아담과 같은 죄를 지었고, 낙원의 뜰은 땅속으로 가라앉고 말았구나."

왕자가 눈을 뜨자 멀리서 빛나는 별이 보였습니다. 그건 어둠 속에서 빛나는 하늘의 샛별이었습니다. 자리에서 일어나 주변을 둘러보니 숲 속 한가운데, 바람의 동굴 근처였습니다. 바람의 어머니가 왕자의 옆에 앉아 있었습니다. 바람의 어머니는 화가 난 얼굴로 팔을 휘저으며 말했습니다.

"첫날 저녁에! 뭐, 그럴 줄 알았어! 네가 내 아들이었다면 자루 속에 집어넣었을 거야."

"결국에는 그렇게 될 것이오."

건장한 노인이 말했습니다. 그의 등에는 커다란 검은 날개가 달려 있고 한 손에는 낫을 들고 있었는데, 그의 이름은 죽음이었습니다.

"이자는 관 안에 눕게 되겠지만 아직은 아니오. 세상을 방랑하며 속죄하고 더 나은 사람이 될 시간을 줄 거요. 하지만 나는 그가 예기치 못한 순간에 돌아올 것이오. 그를 검은 관 안에 눕히고, 내 머리에 이고, 별 너머로 날아갈 것이오. 낙원의 뜰에는 꽃이 필 테고, 만약 이자가 선하고 독실하다면 그곳에 받아들여지겠지. 하지만 이자의 생각이 나쁘고, 그의 심장이 죄로 가득하다면, 관 속에 담긴 채 낙원의 뜰보다 더 깊은 곳으로 가라앉게 될 것이오. 나는 천년에 한 번씩 그를 찾아가 더 깊은 곳으로 가라앉혀야 할지, 아니면 별 너머의 더 행복한 세계로 올려 보내야 할지 결정할 것이오."

# 빨간 구두

옛날에 한 어린 소녀가 살았습니다. 곱고 귀여운 소녀였죠. 하지만 가난한 탓에 여름에는 맨발로 걸어 다녀야 했고, 겨울에는 거친 나무 신발뿐이라 작은 발등이 온통 빨갛게 부르텄습니다.

마을에는 늙은 구두장이의 아내가 살았는데, 낡은 빨간 천을 이용해 작은 구두 한 켤레를 만들었습니다. 모양은 좀 어설펐지만 마음 씀씀이가 고왔습니다. 카렌이라는 그 소녀에게 주려고 만들었으니까요.

빨간 구두를 받은 소녀는 어머니가 땅에 묻히는 날 처음으로 그 구두를 신었습니다. 빨간 구두는 장례식에 어울리지 않았지만 다른 구두가 없었습니다. 소녀는 맨발에 빨간 구두를

신고 마지막 안식처로 향하는 초라한 관 뒤를 따라갔습니다. 마침 커다랗고 고풍스러운 마차를 타고 그 곁을 지나가던 노부인이 소녀를 불쌍히 여겨 목사님에게 말했습니다.

"제발 저 아이를 제가 데리고 갈 수 있게 해 주세요. 제가 저 아이를 입양할게요."

카렌은 이 행운이 빨간 구두 덕분이라고 생각했습니다. 하지만 노부인은 그 구두가 흉측하다고 생각해 태워 버리라고 했죠. 친절한 노부인의 보살핌을 받게 된 카렌은 깨끗하고 단정한 옷을 입고 읽기와 바느질을 배웠습니다. 사람들은 카렌에게 예쁘다고 칭찬해 주었습니다. 하지만 거울은 이렇게 말했습니다.

"너는 그냥 예쁜 정도가 아니야. 아름다워!"

하루는 여왕이 어린 공주를 데리고 카렌이 사는 동네를 지나갔습니다. 사람들이 궁전으로 모여들었고, 카렌은 그 틈에 끼어 눈부시게 새하얀 옷을 입고 창가에 선 어린 공주를 구경했습니다. 어린 공주는 기다란 드레스도 입지 않았고 금관도 쓰지 않았지만, 아름다운 빨간 가죽 구두를 신고 있었습니다. 솔직히 고백하자면 그 구두는 구두장이의 아내가 어린 카렌에게 헝겊을 기워 만들어 준 빨간 구두보다 아주 조금 더 예뻤습니다. 세상에 빨간 구두만큼 아름다운 건 아무것도 없지요!

이제 카렌은 견진 성사를 받을 나이가 되었습니다. 카렌은 성사를 받을 때 입을 새 옷을 선물 받았고, 새 구두도 맞추러 갔습니다. 그 마을에서 가장 큰 구두 가게에 간 카렌은 작은 발의 사이즈를 쟀습니다. 가게 안에는 우아한 구두와 빛나는 부츠가 놓인 유리 상자가 가득했습니다. 아주 근사한 광경이었습니다. 하지만 노부인은 시력이 좋지 않아 구경하는 데 별 관심이 없었습니다. 그 가운데 공주가 신었던 구두와 똑같은

빨간 구두 한 켤레가 있었습니다. 얼마나 예쁘던지! 구두장이는 그 구두를 백작가의 자녀를 위해 만들었지만 사이즈가 맞지 않았다고 했습니다. 노부인이 물었습니다.

"저건 가죽으로 만든 건가? 광택이 나네."

카렌이 대답했습니다.

"정말 반짝거려요."

그리고 그 빨간 구두는 카렌의 발에 꼭 맞았고, 노부인은 그 구두를 사 주었습니다. 하지만 노부인은 그 구두가 빨간색인지 알지 못했습니다. 알았더라면 절대 카렌에게 빨간 구두를 사 주지 않았을 테니까요.

모두가 카렌의 발을 쳐다보았습니다. 교회 문을 들어서서

성가대로 다가가는 동안에는 무덤 위의 오래된 사진들, 빳빳한 옷깃이 달린 긴 검은 옷을 입은 목사와 그 아내가 담긴 초상화들조차 빨간 구두를 보고 있는 것 같았습니다. 카렌의 머릿속에는 온통 빨간 구두 생각뿐이었습니다. 목사님이 카렌의 머리에 손을 올리고 주님의 종으로 받아들이는 성스러운 세례를 주고, 기독교인답게 행동해야 한다고 설교를 할 때조차도요. 그리고 오르간 소리가 장엄하게 들렸고, 그 선율에 맞추어 성가대 아이들의 목소리가 울려 퍼졌습니다. 하지만 카렌은 오로지 빨간 구두 생각뿐이었습니다.

오후가 되자 다들 카렌의 구두가 빨간색이라며 쑥덕거렸습니다. 이 소리를 들은 노부인은 큰 충격을 받았습니다. 자리에 어울리지 않는 구두를 신은 카렌을 혼내고, 앞으로 교회에 올 때는 좀 낡은 것이라도 검은 구두를 신어야 한다고 당부했습니다.

다음 일요일이 되었습니다. 카렌이 처음으로 성찬을 모시는 날이었습니다. 카렌은 검은 구두를 보았다가 빨간 구두를 보고, 또다시 번갈아 가며 쳐다보다가 결국에는 빨간 구두를 신었습니다.

태양이 밝게 빛났습니다. 카렌과 노부인은 옥수수 밭 사이의 먼지가 날리는 논길을 따라 걸었습니다. 교회 문 옆에 늙은 군인 한 명이 목발을 짚고 서 있었고, 특이하게도 긴 턱수염은 흰색이 아니라 빨간색이었습니다. 머리카락도 빨간색이었고요. 그 군인은 바닥으로 몸을 숙이더니, 노부인에게 구두를 닦아도 되겠냐고 물었습니다. 그러자 카렌도 작은 발을 내밀었습니다. 늙은 군인이 말했습니다.

"아, 이것 참 근사한 댄싱 구두네! 네가 춤을 출 때 벗겨지지 않고 단단히 붙어 있을 거야."

그러고는 손으로 구두 바닥을 툭툭 두드렸습니다. 노부인은 늙은 군인에게 돈 몇 푼을 건넨 다음 카렌과 함께 교회로 들어섰습니다.

교회 안의 모든 사람과 그림이 카렌의 빨간 구두를 쳐다보았습니다. 카렌은 제단 앞에서 무릎을 꿇고 입술에 금잔을 대었을 때도 온통 빨간 구두 생각뿐이었습니다. 성찬 잔 안에서 빨간 구두가 헤엄을 치고 있는 것 같았습니다. 카렌은 찬송가

를 부르는 것도, 기도를 올리는 것도 잊었습니다.

이제 신도들이 교회를 떠났고, 노부인은 마차에 올랐습니다. 카렌이 부인의 뒤를 따르려 한 발을 드는 순간, 늙은 군인이 말했습니다.

"아, 그것 참 멋있는 댄싱 구두네!"

그러자 카렌의 발이 저도 모르게 움직이며 춤을 추었고, 한번 시작한 발은 멈추지 않고 계속 춤을 추었습니다. 마치 구두가 카렌을 사로잡은 것 같았습니다. 카렌은 춤을 추며 교회

모퉁이를 돌아갔고 멈출 수가 없었습니다. 마부가 달려와 카렌을 붙잡아 마차 안에 태웠습니다. 하지만 카렌의 발은 멈추지 않고 계속 춤을 추었고, 선량한 노부인의 발을 수없이 밟았습니다. 마침내 구두를 벗은 후에야 발이 멈추었습니다. 빨간 구두를 옷장에 넣어 두었지만, 카렌은 수시로 그 구두를 들여다보았습니다.

이제 노부인은 병에 걸려 앓아누웠고 의사는 부인이 얼마 살지 못할 거라고 했습니다. 노부인의 곁을 지키며 간병할 사람이 필요했고, 그것은 다름 아닌 카렌이 해야 할 일이었습니다. 마침 그 마을에서 성대한 무도회가 열렸고 카렌도 초대를 받았습니다. 카렌은 회복할 기미가 보이지 않는 노부인을

90

바라보다 빨간 구두를 보았고, 그냥 신어 보기만 하는 것은 그리 큰 죄가 아닐 거라고 생각했습니다. 그건 사실이었죠. 그러나 빨간 구두를 신은 카렌은 어느새 무도회장으로 가 춤을 추기 시작했습니다. 하지만 카렌이 오른쪽으로 가려고 하면 구두는 왼쪽으로 가며 춤을 추었습니다. 또 무도회장 위쪽으로 올라가려고 하면, 구두는 끈질기게 무도회장 아래쪽으로 내려갔습니다. 그러다가 카렌은 춤을 추며 길거리로 나왔고 마을의 성문을 빠져나갔습니다. 그렇게 카렌은 계속 춤을 추며 어둑한 숲으로 들어갔습니다.

나무 꼭대기 사이로 무언가 빛나고 있었고, 카렌은 그것이 달이라고 생각했습니다. 둥글었기 때문이지요. 하지만 그것은 달이 아닌 빨간 수염이 달린 늙은 군인의 얼굴이었습니다. 그 군인은 앉아서 고개를 끄덕이며 말했습니다.

"아, 아주 예쁜 댄싱 구두구나!"

이제 카렌은 더럭 겁이 났습니다. 빨간 구두를 벗어 던지려 했지만 구두는 발에 찰싹 달라붙어 떨어지지 않았습니다. 카렌은 스타킹을 찢어 버렸습니다. 하지만 여전히 구두는 발에 찰싹 붙어 있었고, 카렌은 비가 오든 햇볕이 나든, 낮이든 밤이든, 들판과 풀밭을 가로지르며 춤을 추어야 했습니다.

밤은 무시무시할 정도로 적막했습니다. 카렌은 춤을 추며 교회 마당으로 갔습니다. 그곳의 죽은 자들은 춤을 추지 않았습니다. 그보다 훨씬 나은 할 일이 있었으니까요. 카렌은 억센 양치식물이 자라는 무덤에라도 앉고 싶었습니다. 하지만 카렌은 단 한순간도 쉴 수 없었습니다. 춤을 추며 열려 있는 교회 문 앞으로 다가가자 천사 한 명이 보였습니다. 천사는 길고 하얀 옷을 입었고, 어깨에서 돋아난 날개가 땅에 닿아

92

있었습니다. 얼굴은 근엄하고 심각했으며, 손에는 넓고 빛나는 검을 쥐고 있었습니다. 천사가 말했습니다.

"너는 춤을 추어라! 네 빨간 구두를 신고 춤을 추어라! 창백해지고 차가워질 때까지, 피부가 쪼그라들어 해골이 될 때까지 춤추어라. 집집마다 돌아다니며 춤추어라. 건방지고 오만한 아이들이 사는 집의 문을 두드리고 경고의 말을 전하라! 춤추어라. 너는 계속 춤을 추어라!"

"자비를!"

카렌이 외쳤습니다. 하지만 구두가 춤을 추며 카렌을 들판으로 멀리, 멀리 데려가는 탓에 천사의 대답은 듣지 못했습니다.

어느 날 아침, 카렌은 춤을 추다가 잘 아는 집 앞을 지났습니다. 그 집 안에서 장송곡이 흘러나왔고, 꽃으로 장식한 관 하나가 나왔습니다. 이제야 카렌은 후견인인 노부인이 돌아가셨다는 사실을 알았습니다. 카렌은 모두에게 버림받고 주님의 천사에게 저주를 받은 기분이었습니다.

카렌은 계속해서 춤을 추며 음울한 밤길을 돌아다녔습니다. 구두가 가시나무와 나무 그루터기를 지나가자 살갗이 긁혀 피가 났습니다. 춤을 추며 황무지를 가로질러 외딴집에 도착했습니다. 카렌은 그곳에 사형 집행인이 살고 있다는 것

을 알고 있었습니다. 카렌은 손가락으로 창문을 두드리며 애원했습니다.

"나오세요…… 나오세요. 저는 춤을 추어야 해서 안으로 들어갈 수가 없어요."

그러자 사형 집행인이 말했습니다.

"내가 누군지 아느냐? 사악한 죄인들의 머리를 잘라 내는 게 바로 나다. 그런데 내 도끼가 지금 철컹거리는구나."

카렌이 말했습니다.

"제 머리를 자르지 마세요. 그러면 제 죄를 회개할 수 없을 테니까요. 대신 빨간 구두를 없앨 수 있게 제 발을 잘라 주세요."

카렌은 고해를 했고, 사형 집행인은 카렌의 빨간 구두만을 잘라 냈지만, 구두에 붙은 발가락이 떨어져 나가는 듯한 날카로운 통증이 느껴졌습니다. 그렇게 빨간 구두는 계속 춤을 추며 들판을 가로지르고 깊은 숲 속으로 들어갔습니다.

카렌이 제대로 걷지 못하자 사형 집행인은 카렌에게 목발을 주고 회개한 자들이 부르는 찬송가를 가르쳐 주었습니다. 카렌은 도끼를 휘둘러 준 사형 집행인의 손에 키스를 하고 황무지를 걸어갔습니다. 카렌은 말했습니다."빨간 구두 때문에 괴로움은 충분히 겪었어. 이제 교회로 가자. 사람들이 나를

보면 가엾게 여길 거야."

카렌은 절뚝거리며 교회 문 앞으로 갔지만, 그 앞에 도착하기가 무섭게 춤추는 빨간 구두가 카렌 앞에 나타났습니다. 카렌은 겁에 질려 뒤로 물러났습니다.

카렌은 일주일 내내 깊이 고민했고 쓰라린 눈물을 수없이 흘렸습니다. 하지만 일요일이 돌아오자 카렌은 말했습니다.

"이제 괴로움과 고통은 충분히 겪었잖아! 나도 이제는 교회 안에 앉아 있는 이들만큼이나 선량한 사람이야."

그리고 과감하게 교회로 향했지만, 교회 정문 앞까지밖에 가지 못했습니다. 또다시 춤추는 빨간 구두가 앞에 나타났고, 겁에 질린 카렌은 다시 발걸음을 돌렸습니다. 이번에는 진심

으로 죄를 뉘우쳤습니다.

카렌은 목사관으로 가 할 수 있는 일은 모조리 다 하겠다고 약속하며 이곳에서 일하게 해 달라고 애원했습니다. 돈은 얼마를 주든 상관없었습니다. 그저 바라는 것은 몸을 뉘일 지붕과 선량한 사람들과 함께 지내는 것뿐이었습니다. 목사의 아내는 카렌을 가엾게 여겨 집 안에 들였습니다. 카렌은 아주 부지런하게 일했고 주위 사람들도 깊이 배려했습니다. 매일

저녁 목사가 성경을 낭독할 때면, 카렌은 자리에 앉아 열심히 그 말에 귀를 기울였습니다. 그 집 아이들 모두가 카렌을 아꼈습니다. 하지만 아이들이 드레스며 화려한 장신구 이야기를 할 때면 카렌은 조용히 고개를 저었습니다.

돌아온 일요일에 목사 가족은 전부 교회에 갈 차비를 하더니, 카렌에게도 같이 가겠느냐고 물었습니다. 카렌은 눈물이 그렁그렁한 눈으로 목발을 바라보며 고개를 저었습니다. 그렇게 다른 가족들은 주님의 말씀을 듣기 위해 집을 나

섰고, 카렌은 침대와 의자 하나가 겨우 들어가는 작은 방에 홀로 남았습니다. 카렌은 손에 기도서를 펼치고 앉았습니다. 기도서를 읽자 머릿속으로 경건한 교회의 오르간 소리가 바람에 실려 왔고, 카렌은 눈물에 젖은 얼굴을 들어 올리며 말했습니다.

"아, 주님. 저를 구원해 주소서!"

그러자 태양이 환하게 빛나더니 카렌의 앞에 하얀 옷을 입은 주님의 천사가 나타났습니다. 그날 밤 교회 문 앞에서 본 바로 그 천사였지만, 이제 손에는 날카로운 검 대신 장미가 가득 핀 아름다운 가지 하나를 들고 있었습니다. 천사가 그 가지로 천장을 건드리자 천장이 높아졌고, 그가 건드린 곳에는 금색 별 하나가 빛났습니다. 천사가 벽을 건드리자 벽이 넓어졌고 선율이 흘러나오는 오르간이 보였습니다. 또한 목사와 아내가 담긴 오래된 초상화들, 줄줄이 의자에 앉아 찬송가책을 보며 노래를 부르는 신도들도 보였습니다. 교회가 이 가련한 소녀의 작은 방으로 온 것이거나, 소녀가 교회로 간 것이었습니다. 카렌은 목사 댁 하인들 가운데 앉았습니다. 그들은 찬송가를 마치고 눈을 들더니 고개를 끄덕였습니다.

"잘 왔다, 카렌."

카렌은 말했습니다.

"주님의 은총 덕분이에요."

오르간이 다시 선율을 뽑아냈고, 성가대 아이들의 목소리는 그 어느 때보다도 감미롭고 사랑스럽게 울려 퍼졌습니다! 환한 햇살이 창 안으로, 카렌이 앉은 신도석 위로 따사로운 햇살을 뿌렸습니다. 카렌의 심장은 햇살과 평화, 기쁨으로 가득한 나머지 터지고 말았습니다. 카렌의 영혼은 햇살을 타고 주님께 올라갔고, 천국에서 빨간 구두에 대해 묻는 사람은 아무도 없었습니다.

# 빵을 밟은 소녀

　옛날에 구두를 더럽히기 싫어 빵을 밟은 소녀가 있었고, 그 결과 소녀에게 일어난 불행한 일들이 널리 알려지게 되었답니다. 그 소녀의 이름은 잉게였습니다. 가난하지만 자존심이 세고 허영이 심했으며, 성질은 못되고 잔인했습니다. 아주 어릴 적에는 파리를 잡아 날개를 떼어 파충류처럼 기어 다니게 만들었습니다. 나이가 조금 더 들어서는 왕풍뎅이와 딱정벌레를 잡아 핀을 꽂았습니다. 그런 다음 그 곤충들의 발에 푸른 잎이나 작은 종잇조각을 대고 눌렀고, 이 불쌍한 곤충들이 그것을 잡고 매달리며 핀에서 벗어나려고 발버둥을 치면 소녀는 이렇게 말했습니다.

　"왕풍뎅이가 책을 읽네. 책장 넘기는 것 좀 봐."

소녀는 나이를 먹을수록 착해지기는커녕 더욱 못되어졌습니다. 그리고 안타깝게도 그 예쁜 얼굴 때문에 호된 꾸중을 피해 갔습니다. 어머니는 툭하면 잉게에게 말했습니다.

"네 고집을 엄하게 꺾어 놔야 할 텐데. 네가 어릴 때는 툭하면 내 앞치마를 밟았지. 이러다가 언젠가는 내 심장을 밟을까 봐 겁나는구나."

아아! 안타깝게도 이러한 걱정은 현실이 되고 말았습니다. 잉게는 멀리 떨어진 곳의 어느 부잣집에 들어가 살게 되었습니다. 그 집에서는 잉게를 친자식처럼 아끼며 근사한 옷들을 사 주었는데, 그 바람에 잉게의 자존심과 콧대는 더더욱 높아졌습니다.

잉게가 그곳에서 지낸 지 일 년쯤 되었을 때 그 집 여주인이 잉게에게 말했습니다.

"한 번쯤은 부모님을 뵈러 가야지, 잉게."

잉게는 부모님 댁에 가려 길을 나섰습니다. 하지만 잉게는 그저 고향 사람들에게 자신이 얼마나 멋진 숙녀가 되었는지 뽐내고 싶을 따름이었습니다. 잉게가 마을 입구에 도착했을 때였습니다. 젊은 일꾼들과 하녀들이 모여 서서 수다를 떨고 있는데, 그 가운데에 끼어 있는 어머니가 보였습니다. 잉게의 어머니는 바위 위에 앉아 쉬고 있었고, 옆에는 숲에서 주워 온 삭정이 한 단이 놓여 있었습니다. 잉게는 돌아섰습니다. 이렇게 근사하게 차려입었는데 숲에서 삭정이나 줍는 초라한 행색의 어머니가 부끄러웠습니다. 잉게가 돌아선 것은 어머니의 가난을 동정해서가 아니라 자신의 자존심 때문이었습니다.

다시 반년이 지나자 여주인이 말했습니다.

"잉게, 부모님 댁에 다녀오너라. 부모님 댁에 가져갈 커다란 밀빵을 주마. 부모님이 널 보면 얼마나 기뻐하시겠니."

잉게는 가장 좋은 옷을 입고 새 구두를 신었습니다. 그렇게 한껏 차려입고 길을 나섰습니다. 그리고 혹시 구두가 더럽혀질까 봐 아주 조심스럽게 발을 내딛었습니다. 그건 잘못이 아니었죠. 하지만 황무지를 가로지르는 길을 따라 걸을 때 자그마한 물웅덩이가 나왔습니다. 진흙 웅덩이였습니다. 잉게는 발이 젖을까 봐 그 진흙 웅덩이에 빵을 던져 그 빵을 밟고 지나가려고 했습니다. 그런데 잉게가 빵 위에 한 발을 올려놓고 다른 발을 들어 올리는 순간, 빵이 아래로, 아래로 가라앉아 결국에는 잉게도 그 안으로 완전히 모습을 감추고 말았습니다. 잉게가 가라앉은 진흙 웅덩이의 표면에는 보글보글 물거품만이 남았습니다. 그리고 이것이 그 이야기입니다.

그런데 잉게는 어디로 간 것일까요? 잉게는 땅속으로 가라앉아 항상 그곳에서 진흙탕을 끓이는 늪지 여인에게로 내려갔습니다. 늪지 여인은 요정 아가씨들의 친척입니다. 요정 아가씨들은 여러 노래와 그림으로 널리 알려진 유명한 존재죠. 하지만 늪지 여인에 관한 건 알려진 것이 하나도 없답니다. 여름에 풀밭에서 안개가 떠오를 때만 제외하고요. 뒤에서 안개를 만들어 내는 것이 바로 늪지 여인이니까요. 잉게는 늪지 여인의 진흙 양조장에서 그 누구라도 오래 버틸 수 없는 더 깊은 곳으로 떨어졌습니다. 진흙 웅덩이는 늪지 여인의 진흙 양조장에 비하면 궁전입니다. 잉게는 진흙 양조장에서 떨어지는 순간 팔다리가 후들거리며 떨리더니, 곧 온몸이 대리석처럼 차갑고 빳빳해졌습니다. 잉게의 발은 여전히 빵에 붙어 있어, 옥수수의 황금빛 열매에 줄기가 휘듯이 잉게의 몸이 아래로 휘었습니다.

곧 잉게에게 악령이 붙어 그녀를 한층 더 끔찍한 곳으로 데려갔습니다. 그곳에는 자비의 문이 열리기만을 고통스럽게 기다리는 불행한 사람들의 무리가 있었습니다. 그 사람들은 비참했고 끝없는 불안에 시달리고 있었습니다. 이 사람들이 받는 다양한 고문들을 일일이 설명하려면 너무 많은 시간이 걸릴 것입니다. 하지만 잉게가 받은 벌은 발이 빵에 붙은 채 동상처럼 그곳에 서 있는 것이었습니다. 잉게는 눈을 움직여 주변의 비참한 상황을 볼 수 있었지만, 고개를 돌릴 수는 없었습니다. 잉게는 사람들이 자신을 쳐다보는 걸 보고 자신의 예쁜 얼굴과 근사한 옷차림에 감탄하는 것이라고 생각했습니다. 허영심과 자존심은 여전했습니다. 하지만 늪지 여인의 진흙 양조장에 있는 동안 예쁜 옷은 다 더럽혀지고 진흙투성이가 되고 말았습니다. 게다가 등 뒤로는 머리카락에 감겨 늘어진 뱀 한 마리가 있고, 드레스 자락마다 거대한 두꺼비가 고개를 삐죽 내밀고 천식에 걸린 푸들처럼 꽥꽥거렸습니다. 무엇보다 더 끔찍한 것은 무시무시한 허기였지만, 밟고 선 빵을 뜯어내기 위해 허리를 숙일 수가 없었습니다. 네, 잉게의 등은 빳빳하게 굳어 버렸고, 몸 전체가 돌기둥 같았습니다. 이번에는 잉게의 얼굴과 눈으로 날개 없는 파리 떼가 기어올라 왔습니다. 잉게는 눈을 깜빡거렸지만, 날개가 뜯긴 파리 떼는 날아가지 않았습니다. 여기에 허기까지. 그야말로 무시무시한 고문이었습니다.

"이 상태가 오랫동안 계속된다면 나는 견딜 수 없을 거야."

잉게는 말했습니다. 하지만 이 상태는 계속되었고, 잉게는 어쩔 수 없이 견뎌야 했습니다. 데일 것처럼 뜨거운 눈물이 잉게의 머리 위로 떨어져 얼굴과 목을 타고 밟고 있는 빵까지 흘러내렸습니다. 누가 잉게를 위해 눈물을 흘리는 것일까

요? 여전히 지상에는 잉게의 어머니가 살아 계셨고, 어머니가 자식을 위해 흘리는 슬픔의 눈물은 어떻게든 자식의 심장을 울리기 마련일 것입니다. 하지만 그 눈물은 위안을 주기는커녕 더 큰 고통만 안겨 줄 때도 많습니다. 그리고 잉게의 귀에는 떠나온 세상에서 그녀에 대해 하는 말이 전부 들렸습니다. 모두들 잉게에게 잔인하기만 한 것 같았습니다. 잉게가 빵을 밟은 죄가 땅 위에 알려졌습니다. 잉게가 진흙탕을 건너다 사라지는 순간, 언덕에 있던 소를 치는 목동이 그 모습을 보았기 때문입니다.

어머니가 흐느끼며 "아, 잉게! 엄마에게 이렇게 큰 슬픔을 안겨 주다니." 하고 외치자 잉게는 이렇게 생각했습니다.

'아, 차라리 태어나지 않았더라면! 엄마가 눈물을 흘려 봐야 아무짝에도 쓸모없잖아.'

이번에는 잉게를 입양했던 친절한 사람들의 목소리가 들렸습니다.

"잉게는 나쁜 아이야. 주님의 선물을 귀하게 여기지 않고 발로 밟다니."

잉게는 생각했습니다.

'아, 저 사람들이 나를 혼내서 내 못된 성질을 뜯어고쳐 주었더라면.'

'구두를 더럽히기 싫어서 빵을 밟은 소녀'에 대한 노래가 만들어졌고, 온 사방에서 이 노래를 불렀습니다. 잉게가 지은 죄의 이야기가 어린아이들에게 전해졌습니다. 사악한 잉게가 아주 못된 짓을 많이 해 벌을 받아야 한다는 내용이었습니다. 잉게는 이 모든 것을 다 들었습니다. 잉게는 마음을 완전히 닫아 버리고 비통한 심정에 빠졌습니다. 그런데 어느 날, 굶주림과 슬픔으로 나날이 홀쭉하게 말라 가던 중 어리고 순진무구한 아이의 목소리가 들렸습니다. 이 아이는 허영심이 많고 오만한 잉게의 이야기를 듣다 말고 울음을 터트리며 외쳤습니다.

"그러면 잉게는 다시 땅 위로 올라오지 못하는 거예요?"

그리고 그 질문에 대한 답도 들렸습니다.

"응, 다시는 올라오지 못할 거야."

아이가 다시 물었습니다.

"하지만 잉게가 미안하다고 사과하고 용서해 달라고 하면요? 다시는 그러지 않겠다고 약속하면요?"

"그래, 그러면 올라올 수 있을지도 모르지. 하지만 잉게는 절대 용서를 빌지 않을 거야."

"아, 잉게가 용서를 빌었으면 좋겠어요!"

아이는 잉게를 불쌍하게 여겼습니다.

"그러면 정말 좋겠어요. 잉게가 다시 여기로 돌아올 수만 있다면 내 인형이랑 장난감을 전부 포기할게요. 불쌍한 잉게! 너무 안됐어요."

아이가 한 연민의 말이 잉게의 마음 깊숙한 곳을 움직였습니다. 잉게의 잘못을 비난하지 않고 "불쌍한 잉게!"라고 말해 준 사람은 이 아이가 처음이었습니다. 순진무구한 어린아이가 잉게를 위해 눈물을 흘리고 잉게에게 자비를 베풀어 달라고 기도했습니다. 잉게는 기분이 정말 이상했습니다. 잉게도 울고 싶었지만, 그럴 수 없다는 걸 알자 고통은 더욱 커졌습니다. 잉게가 계속 그곳에서 고통을 겪는 동안, 지상에서는 몇 년의 세월이 흘렀고 이제 잉게의 이름은 점점 더 들리지 않게 되었습니다. 그러던 어느 날 잉게의 귀에 한숨 소리가 들렸습니다.

"잉게! 잉게! 네가 엄마에게 이렇게 큰 슬픔을 안겨 주다니! 내가 이렇게 될 거라고 했잖니."

죽어 가는 어머니의 마지막 한숨이었습니다. 그 후에 친절한 여주인의 목소리가 들렸습니다.

"아, 불쌍한 잉게! 다시 널 볼 수 있을까? 어쩌면 다시 보게 될 지도 모르지. 앞일은 아무도 모르는 법이니까."

하지만 잉게는 그 여주인이 이 끔찍한 곳에 올 일이 없다는 사실을 잘 알고 있었습니다.

시간이, 아주 길고 고통스러운 시간이 흘렀습니다. 다시 한 번 잉게는 자신의 이름을 부르는 목소리를 들었고, 위쪽에서 밝게 빛나는 두 개의 별 같은 것을 보았습니다. 그것은 땅으로 내려오는 상냥한 두 개의 눈이었습니다. 그 어린 소녀가 불쌍한 잉게를 위해 눈물을 흘리고 슬퍼한 후로 수많은 세월이 흘렀습니다. 아이는 이제 늙어 하느님께서 데려가셨습니다. 삶의 마지막 순간이 오면 우리 앞에는 평생 동안 있었던 모든 일들이 펼쳐집니다. 그리고 이때 노부인은 어릴 적 잉게의 이야기를 듣고 눈물을 흘렸던 것을 기억해 내고, 잉게를 위해 기도했습니다. 노부인의 두 눈이 땅에 가까워지면서 영혼의 눈앞에는 영원의 비밀이 보였고, 마지막으로 잉게의 모습을 떠올린 노부인은 이 불쌍한 소녀가 얼마나 깊은 곳에 가라앉았는지 생생하게 보았습니다. 노부인은 잉게의 모습에 눈물을 터뜨렸고, 천국에 올라가서도 지상에서 어린아이였을 때 그랬듯 불쌍한 잉게를 위해 눈물을 흘리고 기도를 했습니다.

노부인의 눈물과 기도는 사로잡힌 채 고문을 당하는 영혼을 둘러싼 어두운 공간에 울려 퍼졌고, 이 천사의 눈물이 예기치 못한 자비를 베풀었습니다. 잉게는 땅 위에서 저지른 모든 죄를 다시 되짚어 보며 몸을 떨었습니다. 한 번도 흘린 적 없던 눈물이 터져 나왔습니다. 잉게에겐 자비의 문이 절대 열리지 않을 것 같았습니다. 하지만 잉게가 깊이 죄를 뉘우치고 있을 때 한 줄기 빛이 땅속 깊은 곳에 있는 잉게를 비추었습니다. 아이들이 만든 눈사람을 녹이는 햇살보다 더 강력하게, 아이의 따뜻한 입술에 눈송이가 녹아 물방울이 되는 것보다 더 빠르게, 돌덩이였던 잉게의 모습이 변했습니다.

아기 새가 된 잉게는 빠른 속도로 인간들의 세상으로 솟아올랐습니다. 겁 많고 수줍은 새는 살아 있는 존재를 만날까 무서워하고 부끄러워하는 것처럼, 서둘러 낡고 무너진 벽의 컴컴한 구석에 몸을 숨겼습니다. 그곳에 몸을 웅크리고 앉아 한 마디도 내뱉지 않았습니다. 목소리가 없었으니까요. 하지만 아기 새는 주변의 아름다움을 얼마나 빨리 발견하는지요! 달콤하고 신선한 공기를 느끼고, 땅 위로 퍼지는 부드러운 달빛을 보고, 덤불과 나무가 내뿜는 향기를 맡고, 보송보송하고 밝은 깃털 옷을 입은 새는 행복했습니다. 모든 존재가 은혜와 사랑을 말하는 것 같았습니다. 아기 새는 봄날의 뻐꾸기와 꾀꼬리처럼 가슴속에 떠오른 생각을 말하고 싶었지만 그럴 수 없었습니다. 하지만 하늘에서는 지렁이가 부르는 찬가도 다 들을 수가 있습니다. 아기 새의 가슴에서 울리는 찬가는 노래로 만들어지기 전 다윗의 시편처럼 천국까지 울려 퍼졌습니다.

크리스마스가 다가왔고, 낡은 벽 근처에 사는 한 농부가 땅에 막대기를 꽂더니 그 위에 옥수수 몇 개를 묶어 놓았습니다. 하늘의 새들이 잔치를 벌일 수 있도록요. 행복하고 축복받은 시기였습니다. 크리스마스 아침이 되자 태양이 솟아올라 옥수수를 비추었고, 지저귀는 새 떼가 순식간에 옥수수로 몰려들었습니다. 벽의 구멍 안에서는 아기 새가 지상에서 첫 선행을 베풀길 바라며 노래를 불렀습니다. 하늘에서는 그 아기 새가 누군지 잘 알고 있었습니다.

겨울을 나기는 매우 힘들었습니다. 연못은 얼음으로 뒤덮였고, 들판의 짐승들에게나 하늘의 새들에게나 먹을거리가 거의 없었습니다. 우리의 아기 새는 사람들이 다니는 길 위를 날아다니며 여기저기 난 썰매 자국 안에서 옥수수 낱알을 찾아냈고, 휴게소에서는 빵 조각도 발견했습니다. 그럴 때면 얼마 되지 않는 양이지만 다른 새들과 배고픈 제비들을 불러 함께 먹었습니다. 아기 새는 마을로 날아 들어가 친절한 사람들이 창가에 내다 놓은 빵 조각을 찾아다녔습니다. 그러나 자신은 한 조각만 먹고 나머지는 다른 새들에게 전부 양보했습니다. 겨울 내내 아기 새는 이런 식으로 빵 조각들을 많이 모아 다른 새들에게 나누어 주었습니다. 어느새 그 양은 잉게가 구두를 더럽힐까 봐 밟았던 그 빵의 무게와 동등해졌습니다. 그리고 마지막 빵 조각을 찾아 다른 새에게 나누어 주는 순간, 그 새의 회색 날개는 하얗게 변했고 날개를 활짝 펼치며 하늘로 날아올랐습니다.

"저기 봐, 갈매기다!"

아이들이 이 하얀 새를 보고 외쳤습니다. 갈매기는 환한 햇살 속에서 반짝거리며 바닷속으로 뛰어들었다가 다시 솟아올랐습니다. 아무도 그 갈매기가 어디로 갔는지 알지 못했지만, 몇몇 사람들은 갈매기가 태양을 향해 곧장 날아가는 것을 보았다고 주장했습니다.

# 어린 이다의 꽃

"불쌍한 내 꽃들이 다 죽어 가요."

어린 이다가 말했습니다.

"어제 저녁에만 해도 참 예뻤는데, 이제는 잎들이 전부 시들어 축 늘어졌어요. 어떻게 해야 하죠?"

이다는 소파에 앉은 학생에게 물었습니다. 이다는 그를 많이 좋아했습니다. 그는 세상에서 가장 재미있는 이야기들을 해 주고, 세상에서 가장 예쁜 그림들을 오려다 주었으니까요. 심장과 춤추는 숙녀들, 문이 열린 성뿐만 아니라 꽃 그림들까지요. 그는 유쾌한 학생이었습니다.

"왜 오늘은 꽃들이 이렇게 기운 없이 축 늘어진 걸까요?"

이다는 시들시들한 꽃다발을 가리키며 다시 물었습니다.

학생이 말했습니다.

"꽃들이 왜 저러는지 몰라? 꽃들은 어젯밤 무도회에 다녀왔어. 그러니 고개가 축 늘어져 있는 것도 당연하지."

어린 이다가 외쳤습니다.

"하지만 꽃은 춤을 추지 못하잖아요?"

학생이 대답했습니다.

"아니, 사실은 출 수 있어. 밤이 되어 모두가 잠이 들면, 꽃들은 즐겁게 뛰어놀지. 거의 매일 밤마다 무도회를 여는걸."

"어린 꽃들도 그 무도회에 갈 수 있어요?"

"그럼. 어린 데이지 꽃과 계곡의 백합들도 갈 수 있지."

"그 아름다운 꽃들이 어디서 춤을 추는데요?"

"마을 문 밖에 있는 커다란 성을 자주 보지 않았니? 여름이면 왕이 머물고, 아름다운 정원에는 꽃들이 가득 피어 있잖아? 그리고 백조들이 네게로 헤엄쳐 오면 빵 조각을 던져 주지 않았니? 음, 바로 그곳에서 꽃들의 무도회가 열린단다."

이다가 말했습니다.

"어제 엄마랑 같이 그 정원에 갔었어요. 하지만 나뭇잎은 전부 떨어지고 꽃 한 송이 남아 있지 않던데요. 그 꽃들은 어디 간 거예요? 여름에는 굉장히 많았는데."

학생이 대답했습니다.

"꽃들은 성안에 있어. 왕과 신하들이 전부 마을로 돌아가면, 꽃들이 정원에서 뛰쳐나와 성안으로 들어간단다. 꽃들이 얼마나 즐거워하는지 너도 봐야 할 텐데. 가장 아름다운 장미 두 송이는 왕좌에 앉는데 다들 그 둘을 왕과 왕비라고 부르지. 그리고 빨간 맨드라미들은 전부 양쪽에 늘어서서 고개를 숙이고 있는데, 이 맨드라미들이 바로 왕궁의 시종이야. 그런 다음 예쁜 꽃들이 성안으로 들어와 성대한 무도회가 열리는 거야. 파란 제비꽃은 해군 사관생도고, 히아신스와 크로커스를 어린 숙녀라 부르며 그들과 함께 춤을 추지. 튤립과 참나리는 노부인으로 앉아서 춤추는 걸 지켜보면서 무도회가 질서 정연하게 잘 진행되고 있나 확인하지."

"그런데 왕의 성에서 춤춘다고 꽃들을 혼내는 사람이 아무도 없어요?"

"그 사실을 아는 사람이 아무도 없거든. 성을 지키는 늙은 집사가 밤마다 순찰을 돌면서 가끔 성안에 들어가지. 하지만 커다란 열쇠 뭉치를 가지고 다녀서, 꽃들은 열쇠가 짤랑거리는 소리가 들리자마자 곧장 달려가 긴 커튼 뒤에 숨어 가만히 서서 고개를 내밀고 바깥을 살핀단다. 그러면 늙은 집사는 이렇게 말하지. '여기서 꽃향기가 나는데.' 하지만 보이지는 않았지."

어린 이다는 손뼉을 치며 좋아했습니다.

"우와 대단하다. 저도 그 꽃들을 볼 수 있어요?"

"물론이지. 다음번에 정원에 나가면 명심하고 창문을 흘 끗 훔쳐 봐. 그러면 분명 보게 될걸. 나도 오늘 창틈으로 소파 위에 누워 있는 노란색 백합을 한 송이 봤는걸. 그녀는 궁녀였어."

"식물원에 있는 꽃들도 이 무도회에 갈 수 있어요? 굉장히 멀 텐데!"

"아, 그럼. 원한다면 언제든 날아갈 수 있지. 꽃처럼 생긴 아름다운 빨강색, 하얀색, 노란색 나비를 본 적이 있지? 그 나비들이 한때는 꽃이었단다. 꽃송이들이 줄기에서 떨어져 나와 공중으로 날아오르고, 잎들을 작은 날개처럼 파닥거려 날아가는 거야. 그런 다음에 행동거지가 바르면 낮에도 줄기에 가만히 앉아 있는 대신 날아다닐 수 있도록 허락을 받고, 조만간 그 잎들은 진짜 날개로 변하지. 하지만 식물원에 있는 꽃들은 한 번도 왕의 궁전에 가 본 적이 없을지도 몰라. 그렇다면 그곳에서 밤마다 벌어지는 즐거운 무도회에 대해 아무것도 모르겠지. 내가 어떻게 해야 할지 알려 줄게, 그러면 근처에 사는 식물학 교수님도 깜짝 놀라실걸. 너, 그 교수님 잘 알지? 다음번에 교수님 정원에 들어가면 꽃 한 송이에게 성에서 성대한 무도회가 열린다고 말해 줘. 그러면 그 꽃이 다른 꽃들 전부에게 말을 전할 테고, 조만간 다 같이 성으로 날아갈 거야. 교수님이 정원에 나오면 꽃이 한 송이노 남아 있지 않을 거야. 그 꽃들이 다 어떻게 된 건지 교수님이 얼마나 궁금해하시겠니!"

"그런데 꽃이 어떻게 다른 꽃한테 말을 전해요? 꽃은 말을 못하잖아요?"

"그래, 물론 말을 못하지. 하지만 몸짓은 할 수 있어. 바람이 불면 꽃들이 서로에게 고갯짓하는 거 못 봤니? 녹색 잎들을 비비면서?"

이다가 물었습니다.

"교수님도 그 몸짓을 알아볼 수 있나요?"

"그럼, 물론 알아보시지. 교수님은 어느 날 아침에 정원에 나갔다가 쐐기풀이 잎으로 아름다운 빨간색 카네이션에게 몸짓을 하는 걸 보았단다. 그건 이런 뜻이었어. '너 참 예쁘다. 네가 많이 좋아.' 하지만 교수님은 그런 허튼수작을 좋아하지 않으셔서 쐐기풀더러 그만하라고 손뼉을 치셨지. 그러자 쐐기풀이 손가락인 잎으로 교수님을 아프게 찔러서, 교수님은 그 후로 다시는 쐐기풀을 만지지 않으신단다."

"우와, 정말 재미있다!"

이다는 이렇게 말하며 웃음을 터트렸습니다.

"어린애 머릿속에 그런 말도 안 되는 생각이나 심어 주다니!"

그 집을 방문한 변호사가 지친 얼굴로 소파에 털썩 앉으며 말했습니다. 변호사는 학생이 마음에 들지 않았고, 그가 우스꽝스럽거나 재밌는 그림들을 오리는 걸 보면 항상 투덜거렸습니다. 오려 낸 그림들은 때로는 심장을 훔친 것처럼 손에 심장을 들고 교수대에 목을 매단 남자의 그림이었고, 때로는 빗자루를 타고 하늘을 나는 늙은 마녀가 코에 남편을 싣고 가는 그림이기도 했습니다. 하지만 변호사는 그 학생이 하는 우스갯소리가 마음에 들지 않았고, 방금처럼 투덜거렸습니다.

"어린애 머릿속에 그런 말도 안 되는 생각이나 심어 주다니! 터무니없이 허튼 소리를!"

하지만 어린 이다에겐 학생이 말해 준 꽃들에 대한 이야기가 굉장히 재미있었고, 이다는 그 이야기를 수없이 생각했습니다. 시들어 버린 꽃들이 고개를 숙인 건, 밤새도록 춤을 춘 바람에 매우 피곤하거나, 아파서였던 것입니다. 이다는 꽃다발을 방 안으로 데려갔습니다. 방 안의 작고 예쁜 탁자 위에는 장난감들이 늘어서 있었고, 탁자의 서랍 안에는 예쁜 물건들이 가득 들어 있었습니다. 이다의 인형 소피는 침대에 누워 자고 있었는데, 어린 이다는 소피에게 말했습니다.

"일어나, 소피. 오늘 밤에는 서랍 안에서 사야 해. 불쌍한 꽃들이 아파서 네 침대에 눕혀야겠어. 그러면 나아질지도 몰라."

이다는 인형을 침대에서 꺼냈습니다. 인형은 침대에서 쫓겨난 게 화가 나는지 잔뜩 화가 난 얼굴로 한 마디도 하지 않았습니다. 이다는 꽃들을 인형 침대에 눕히고 퀼트 이불을 덮어 주었습니다. 이다는 꽃들에게 얌전히 누워서 기다리면 차를 끓여다 줄 테고, 차를 마시고 푹 자면 내일 아침에 몸이 나을지도 모른다고 말했습니다. 이다는 아침 햇살에 눈이 부실까 봐 작은 침대 주변에 꼼꼼하게 커튼을 쳤습니다. 저녁 내내 학생이 말해 준 이야기가 이다의 머릿속에 맴돌았습니다. 이다는 침대에 들어가기 전에 커튼 틈으로 히아신스며, 튤립이며, 그 외에도 많은 아름다운 꽃들이 자라는 정원을 흘끗 내다보았습니다. 그러고는 작은 목소리로 속삭였습니다.

"너희들 오늘 밤에 무도회에 가는 거 다 알아."

하지만 꽃들은 이다의 말을 알아듣지 못한 듯, 잎사귀 하나 움직이지 않았습니다. 그래도 이다는 꽃들의 속내를 다 알고 있다고 확신했습니다. 이다는 침대에 누워서도 한참 동안 깨어 있었습니다. 왕의 정원에서 아름다운 꽃들이 춤을 춘다면 얼마나 예쁠까 생각하느라고요.

"내 꽃들도 정말 성에서 열리는 무도회에 다녀온 것일까?"

이다는 중얼거리다가 잠이 들었습니다. 한밤중에 이다는 잠에서 깨었습니다. 꽃과 그 학생, 그리고 학생에게 트집을 잡았던 피곤한 변호사 꿈을 꾸었습니다. 이다의 침실은 고요했습니다. 탁자 위에서는 야간등이 타오르고 있었고, 아버지와 어머니는 잠들어 있었습니다.

'내 꽃들이 아직 소피의 침대에서 자고 있을까? 아, 정말 궁금해.'

이다는 몸을 조금 일으켜 꽃과 장난감이 놓여 있는 방문을 흘끗 쳐다보았습니다. 그 문은 조금 열려 있었고, 귀를 기울이니 방 안에서 누군가 피아노를 치는 것 같았습니다. 하지만 여태껏 이다가 들은 피아노 소리보다 더 부드럽고 예쁜 소리였습니다. 이다는 생각했습니다.

'저 안에서 꽃들이 춤추고 있는 게 분명해. 아, 정말 보고 싶다.'

하지만 이다는 아버지와 어머니가 깰까 봐 꼼짝도 할 수 없었습니다.

'꽃들이 이리로 들어오면 좋겠다.'

이다는 생각했습니다. 하지만 꽃들은 들어오지 않았습니다. 매우 아름답고 예쁜 음악 소리에 이다는 더는 참을 수 없었습니다. 이다는 작은 침대에서 슬그머니 빠져나와 살금살금 문 앞으로 다가가 방 안을 들여다보았습니다. 아, 얼마나 근사한 광경이던지! 방에는 야간등 하나 켜져 있지 않았지만 창으로 들어온 달빛에 대낮처럼 환했습니다. 히아신스와 튤립들은 방 안에 두 줄로 길게 늘어서 있었습니다. 창가의 화분은 텅 비어 있었습니다. 꽃들은 우아하게 춤을 추었고, 긴 녹색 잎을 뻗어 서로를 잡고 돌았습니다. 피아노 앞에는 어린 이다가 분명 여름에 보았던 커다란 노란 백합이 앉아 있었습니다. 이다가 그 꽃을 기억하는 이유는 학생이 노란 백합이 이다의 친구인 리나와 꼭 닮았다고 말했기 때문이었습니다. 그때는 다들 그 학생을 비웃었지만, 이제 어린 이다가 보니 키가 크고 노란 백합은 정말로 리나를 꼭 닮은 것 같았습니다. 피아노를 치며 길고 노란 얼굴을 양옆으로 흔드는 것이나, 아름다운 음악에 맞추어 고개를 끄덕이는 것이 꼭 닮았습니다. 그런 다음 이다는 커다란 보라색 크로커스가 장난감들이 놓인 탁자의 한가운데로 뛰어오르더니 인형의 침대맡으로 다가가 커튼을 여는 것을 보았습니다. 병든 꽃들이 누워 있는 바로 그 침대였습니다. 그런데 그 꽃들이 침대에서 벌떡 일어나더니 같이 춤추고 싶다는 뜻으로 고개를 끄덕였습니다. 낡고 입이 망가진 인형이 자리에서 일어나 예쁜 꽃들에게 고개를 숙여 인사했습니다. 꽃들은 이제 조금도 아파 보이지 않았고, 이리저리 팔짝팔짝 뛰어다니며 아주 신 나게 춤을 추었지만, 그중 아무도 어린 이다가 훔쳐보고 있다는 사실을 눈치채지 못했습니다. 그러다 탁자에서 무언가 떨어지는 소리가 났습니다. 이다가 소리가 난 쪽을 바라보니 가느다란 축제용 봉이 꽃들 사이로 폴짝 뛰어내려 무리에 끼었습니다. 그 봉은 아주 매끈하고 말쑥했고, 변호사가 쓰던 것 같은 넓은 챙이 달린 모자를 쓴 작은 밀랍 인형이 그 위에 앉았습니다. 축제용 봉은 세 개의 빨간 발로 꽃들 사이를 누비며 다녔고 마주르카 춤을 출 때는 꽤 요란하게 발을 굴렀습니다. 꽃들은 그렇게 발을 세게 구를 수가 없어 마주르카 춤을 출 수 없었습니다. 돌연히 그 축제용 봉에 탄 밀랍 인형이 점점 더 커지더니, 고개를 돌려 종이꽃들에게 말했습니다.

"어떻게 어린애 머릿속에 그런 걸 집어넣을 수 있나? 그런 터무니없는 헛소리를."

그러더니 밀랍 인형은 넓은 챙 모자를 쓴 변호사와 똑같아졌고, 변호사처럼 불퉁한 얼굴을 했습니다. 하지만 종이 인

125

형들이 그의 가느다란 다리를 툭 치자, 그는 다시 쪼그라들며 작은 밀랍 인형이 되었습니다. 얼마나 재미있던지 이다는 저도 모르게 웃음을 터뜨렸습니다. 축제용 봉은 계속해서 춤을 추었고, 그 위에 탄 변호사도 어쩔 수 없이 같이 춤을 추어야 했습니다. 변호사가 몸집을 크게 만들든, 커다란 검은 모자를 쓴 작은 밀랍 인형이 되든 소용없었습니다. 어찌되었든 춤을 추어야만 했습니다. 마침내 다른 꽃들이 그 변호사를 구해 주었습니다. 특히 인형 침대에 누웠던 그 꽃들이요. 그래서 축제용 봉은 춤을 멈추었습니다. 그와 동시에 이다의 인형 소피가 다른 장난감들과 누워 있는 서랍에서 커다랗게 똑똑 두드리는 소리가 났습니다. 그러자 낡은 인형이 탁자 끝으로 달려가 바닥에 납작 엎드려 서랍을 잡아당기기 시작했습니다. 그러자 소피가 일어나 놀란 표정으로 주위를 둘러보았습니다.

"오늘밤에 여기에서 무도회가 열리고 있었네. 그런데 왜 아무도 내게 말해 주지 않은 거지?"

"나랑 같이 춤출래?"

낡은 인형이 물었습니다.

"너랑 같이 춤을 추라고? 흥!"

소피는 고개를 홱 돌렸습니다. 그런 다음 소피는 서랍 가

126

장자리에 앉았습니다. 어쩌면 꽃 한 송이가 다가와 춤을 추자고 요청할지도 모른다고 생각했죠. 하지만 아무도 오지 않았습니다. 그러자 소피는 헛기침을 했습니다.

"흠, 흠, 으흠."

하지만 단 한 송이도 소피에게 다가오지 않았습니다. 낡은 인형은 이제 혼자 춤을 추었지만 생각보다 나쁘지는 않았습니다. 꽃들 중에 아무도 소피에게 신경을 쓰는 것 같지 않자, 소피는 서랍에서 뛰어내려 요란한 소리를 냈습니다. 꽃들이 전부 소피에게 달려와 다치지 않았냐고 물었습니다. 특히 소피의 침대에 누워 있던 꽃들이요. 하지만 소피는 조금도 다치지 않았고, 이다의 꽃들은 소피에게 근사한 침대를 빌려 주어 고맙다고 인사를 하고 소피에게 아주 다정하게 대했습니다. 꽃들은 소피를 달빛이 비치는 방 한가운데로 데려가 함께 춤을 추었고, 모든 꽃들이 그들 주위를 맴돌며 춤추었습니다. 소피는 아주 행복해서 그 꽃들에게 침대를 계속 써도 좋다고 했습니다. 자신은 서랍에서 자도 괜찮다고요. 꽃들은 아주 고마워했지만 이렇게 말했습니다.

"우리는 오래 살지 못해요. 내일 아침이면 우린 죽을 거예요. 어린 이다에게 우리를 정원의 카나리아 무덤 곁에 묻어 달라고 꼭 전해 주세요. 그러면 여름이 되어 우리는 다시 깨어날 테고 전보다 더 아름다워질 거예요."

소피가 그 꽃들에게 키스하며 말했습니다.

"안 돼, 죽으면 안 돼."

그런데 이번에는 방문이 열리더니 수많은 아름다운 꽃들이 춤을 추며 안으로 들어왔습니다. 이다는 그 꽃들이 어디서 왔는지 상상도 할 수 없었습니다. 왕의 정원에서 온 꽃들이 아닐까요? 제일 먼저 머리에 작은 금색 왕관을 쓴 아름다운 장미 두 송이가 들어왔습니다. 이들이 왕과 왕비였습니다. 아름다운 스톡과 카네이션들이 그 뒤를 따라 들어오며 모두에게 고개를 숙여 인사했습니다. 악기도 가져왔습니다. 커다란 양귀비와 모란은 땅콩 껍질을 가져와 얼굴이 시뻘게질 때까지 땅콩 껍질을 불었습니다. 파란 히아신스 다발과 작고 하얀 스노드롭은 종같이 생긴 꽃송이들을 딸랑딸랑 흔들었습니다. 그리고 더 많은 꽃들이 들어왔습니다. 파란 제비꽃, 보라색 팬지, 데이지, 계곡의 백합까지. 그리고 그들은 모두 함께 춤을 추었고 서로에게 키스를 했습니다. 정말 아름다운 광경이었습니다.

마침내 꽃들은 서로에게 작별 인사를 했습니다. 어린 이다는 다시 침대로 기어 올라가 그 방에서 본 모든 것들을 꿈으로 꾸었습니다. 다음 날 아침, 잠에서 깬 이다는 재빨리 작은 탁자로 갔습니다. 꽃들이 아직 그곳에 있는지 확인하려고요.
작은 침대를 둘러싼 커튼을 걷었습니다. 꽃들은 그곳에 누워
있었지만 꽤 시들시들했습니다. 전날보다 훨씬 더했습니다.
소피는 이다가 두었던 서랍에 누워 있었지만, 아주 졸려 보였
습니다. 이다가 물었습니다.

"꽃들이 나한테 전해 주라고 한 말 기억해?"

하지만 소피는 멍한 얼굴로 한 마디도 하지 않았습니다.
이다가 말했습니다.

"넌 하나도 안 착해. 그런데도 꽃들은 전부 너와 함께 춤
을 춰 주었잖아."

이다는 아름다운 새 그림이 그려진 작은 종이 상자를 꺼내
죽은 꽃들을 그 안에 눕혔습니다.

"예쁜 관이지? 그리고 내 사촌들이 놀러오면 나랑 같이 너
희들을 정원에 묻어 줄 거야. 그래서 여름이 돌아오면 전보다
더 아름답게 다시 자랄 거야."

이다의 사촌은 착한 소년들로 제임스와 아돌퍼스였습니
다. 아버지에게 받은 활과 화살을 이다에게 보여 주려고 가
져왔습니다. 이다는 사촌들에게 불쌍한 꽃이 죽었다고 이야
기했습니다. 그리고 셋은 허락을 받자마자 정원에 꽃을 묻으
러 나갔습니다. 두 소년이 어깨에 활을 메고 앞장섰고, 이다

는 죽은 꽃들이 담긴 예쁜 상자를 들고 뒤따라갔습니다. 아이들은 정원에 작은 무덤을 팠습니다. 이다는 꽃들에게 키스를 한 다음 상자에 넣고 땅속에 묻었습니다. 제임스와 아돌퍼스는 무덤 위로 활을 쏘았습니다. 아이들에겐 총도 대포도 없었으니까요.

# 하늘을 나는 트렁크

옛날에 길거리 전체를 금으로 바르고도, 금을 작은 골목에 쌓아 둘 만큼 부유한 상인이 살았습니다. 하지만 상인은 그렇게 하지 않았습니다. 돈을 그런 식으로 낭비하는 게 아니라는 것을 알고 있었으니까요. 매우 영리했던 상인은 재산을 다섯 배로 불렸습니다. 죽을 때까지 계속 재산을 불렸습니다. 상인의 재산을 물려받은 상인의 아들은, 그 재산으로 즐거운 인생을 살았습니다. 매일 밤마다 가면무도회에 갔고, 5파운드짜리 지폐로 연을 만들었고, 돌 대신 바다에 금 조각을 던져 물수제비뜨기 놀이를 했습니다. 상인의 아들은 곧 모든 재산을 탕진하고 말았습니다. 마침내 상인의 아들에게는 슬리퍼 한 짝과 낡은 가운 하나, 4실링만이 남았습니다. 이제 모든 친구들이 상인의 아들을 버렸습니다. 상인의 아들과 거리를 함께 걸어 다닐 수가 없었으니까요. 하지만 아주 마음씨 착한 친구 한 명이 그에게 "짐 싸!"라는 메시지와 함께 낡은 트렁크 한 개를 보내 주었습니다. 상인의 아들은 말했습니다.

"그래, 짐을 싸서 떠나는 거야."

하지만 그에게는 쌀 짐이 하나도 없었고, 따라서 상인의 아들은 트렁크 위에 앉았습니다. 그것은 아주 근사한 트렁크였습니다. 자물쇠를 누르면 하늘을 나는 트렁크였습니다. 상인의 아들이 트렁크 뚜껑을 닫고 자물쇠를 눌렀고, 그 순간 상인의 아들이 탄 트렁크는 굴뚝 위로 날아올라 구름 속으로 들어갔습니다. 트렁크 바닥이 삐걱거릴 때마다 상인의 아들은 두려움에 떨었습니다. 트렁크가 부서지면 그는 나무 위에서 대굴대굴 구를 테니까요. 하지만 상인의 아들은 무사히 트렁크를 타고 터키 땅에 도착했습니다. 트렁크는 숲 속의 마른 잎으로 덮어 숨겨 놓고 시내로 들어갔습니다. 다행히도 터키인들은 항상 가운과 슬리퍼 차림으로 돌아다녔기에 상인의 아들도 자연스럽게 길거리를 거닐 수 있었습니다. 상인의 아들은 우연히 유모와 어린아이를 만났습니다. 상인의 아들이 외쳤습니다.

"저기요, 아주머니! 시내 근처에 있는 창이 아주 높은 저 성은 누가 사는 성이죠?"

유모가 대답했습니다.

"공주님이 사는 성이에요. 공주님
이 연인 때문에 굉장히 불행해질 거
라는 예언이 있어서, 왕과 왕비가 없
을 때는 아무도 공주님을 만날 수 없
어요."

"알려 주셔서 고맙습니다."

상인의 아들은 말했습니다. 그리
고 다시 숲으로 돌아가서 트렁크 위
에 앉아 성의 지붕으로 날아갔고, 창
을 넘어 공주의 방 안으로 들어갔습
니다. 공주는 소파 위에 누워 잠들어
있었는데, 어찌나 아름다운지 상인의 아들은 자기도 모르게
키스를 하고 말았습니다. 공주가 잠에서 깨어 화들짝 놀랐습니
다. 상인의 아들은 자신이 천사이며 그녀를 만나기 위해 하
늘에서 내려왔다고 했습니다. 공주는 이 말을 듣고 굉장히 기
뻐했습니다. 상인의 아들은 공주 곁에 앉아 말했습니다. 공주
의 두 눈이 아름다운 검은 호수 같고, 그 안에서 생각들이 작
은 인어처럼 헤엄치고 있다고요. 그리고 공주의 이마는 눈 덮

인 산 같으며 그 안에는 그림들이 가득한 근사한 방들이 담겨 있다고요. 그런 다음 상인의 아들은 강에서 아름다운 아이들을 물어다 주는 황새 이야기를 해 주었습니다. 재미있는 이야기들이었습니다. 상인의 아들이 공주에게 청혼하자, 공주

는 선뜻 허락했습니다.

"꼭 토요일에 오셔야 해요. 그날 왕과 왕비께서 저와 차를 마실 테니까요. 제가 천사와 결혼한다면 얼마나 자랑스러워하실까요. 하지만 제 부모님께 들려줄 근사한 이야기들을 준비해 오셔야 해요. 제 부모님은 무엇보다 이야기 듣는 걸 좋아하시니까요. 어머니는 진지하고 도덕적인 이야기를 좋아하시고, 아버지는 웃음이 나올 정도로 재미있는 이야기를 좋아하세요."

"좋아요. 그럼 결혼 지참금으로 이야기를 가져오죠."

그리고 둘은 헤어졌습니다. 공주는 상인의 아들에게 금화가 박힌 검 한 자루를 주었습니다. 상인의 아들은 이 금화를 유용하게 사용했죠. 상인의 아들은 시내로 날아가 새 가운을 산 다음 숲으로 돌아가서 토요일에 할 이야기를 만들었습니다. 쉽지 않았습니다. 어쨌든 토요일까지 이야기를 완성한 상인의 아들은 공주를 만나러 갔습니다. 왕과 왕비, 그리고 모든 시종들이 공주와 함께 차를 마시고 있었습니다. 모두가 아주 정중하게 상인의 아들을 맞이했습니다. 왕비가 물었습니다.

"우리에게 이야기를 해 줄 건가요? 교훈적이고 깊은 지식이 담긴 이야기요."

왕이 덧붙였습니다.

"그래요, 하지만 그러면서도 웃긴 걸로."

"물론이죠."

상인의 아들은 주의 깊게 들어 달라고 부탁하며 바로 이야기를 시작했습니다.

"옛날에 고귀한 혈통을 굉장히 자랑스러워하던 성냥 한 다발이 있었어요. 그 성냥의 조상, 즉 그들이 만들어진 커다란 소나무가 한때는 숲에서 크고 오래된 나무였거든요. 성냥들은 이제 부싯깃 통과 낡은 철제 냄비 사이에 누워 어린 시절 이야기를 나누었습니다.

'아! 그때 우리는 녹색 가지와 함께 자라나며 그들처럼 푸르렀는데, 매일 아침저녁으로 다이아몬드처럼 빛나는 이슬방울을 먹고, 태양이 떠오를 때마다 따뜻한 햇살을 쬐고, 작은 새들은 노래를 부르며 우리에게 이야기를 해 주었지. 우리는 부자였어. 다른 나무들은 여름에만 녹색 옷을 입지만, 우리 가족은 여름이든 겨울이든 언제나 녹색 옷을 입을 수 있었으니까. 하지만 대혁명 때처럼 벌목꾼이 왔고, 우리 가족은 그자의 도끼 밑에 쓰러졌지. 우리 아버지는 아주 근사한 배의 돛대가 되어 언제라도 세상을 항해할 수 있어. 형제들은 여러 다른 곳으로 끌려갔고, 이제 우리의 임무는 평범한 사람들

을 위해 빛을 만드는 거야. 그래서 그렇게 고귀한 우리가 부엌으로 오게 된 거야.'

성냥들 옆에 서 있던 철제 냄비가 말했습니다.

'나와는 전혀 다른 운명이군. 나는 이 세상에 처음 나온 순간부터 요리를 하고 문질러 닦는 용도로만 사용되었지. 이 집에 들어온 건 내가 처음이야. 집 안에서 가장 필요한 게 나니까. 내 유일한 기쁨은 저녁 식사 후 반짝반짝 윤이 나도록 깨끗하게 씻은 다음, 자리에 앉아 이웃들과 현명한 대화를 나누는 것이지. 툭하면 마당에 나가는 물 양동이를 제외하고, 우리는 전부 네 개의 벽 안에 함께 살고 있어. 장바구니에게서 소식을 전해 듣지만, 가끔 장바구니는 사람들과 정부에 대해 굉장한 불만을 토로하지. 그래, 그래서 하루는 늙은 주전자가 그 소리를 듣고 깜짝 놀란 나머지 바닥에 떨어져서 산산조각 났다니까. 그 주전자는 분명 진보였을 거야.'

부싯깃 통이 말했습니다.

'댁은 말이 너무 많아.'

부싯깃 통은 부싯돌에 철을 부딪쳐서 불꽃을 튀기며 외쳤습니다.

'즐거운 저녁을 보내고 싶지 않아?'

성냥들이 말했습니다.

137

'그래, 물론이지. 누가 가장 고귀한 혈통인지 말해 보자.'

냄비가 한 마디 했습니다.

'아니, 난 항상 우리에 대해 말하는 건 싫어. 다른 재밋거리가 있나 생각해 보자. 내가 시작할게. 우리에게 일어난 일을 얘기해 보는 게 어때. 아주 간단하면서도 재미있을 거야. 덴마크 해안 근처의 발트 해에서.'

접시들이 말했습니다.

'그것 참 시작이 근사해! 굉장히 재미있는 이야기가 될 것 같아.'

'그래, 나는 어릴 적 조용한 가족과 함께 살았지. 가구들은 반짝반짝 광이 나고 바닥은 깨끗이 비질이 되어 있었고, 이주에 한 번씩 깨끗이 빨아 놓은 커튼을 새로 달았어.'

카펫 빗자루가 한 마디 했습니다.

'네가 이야기하는 방식이 참 흥미롭군. 여자들 사이에서 오래 지낸 티가 나. 네가 하는 말에 아주 순진한 구석이 있어.'

물 양동이가 맞장구를 쳤습니다.

'맞는 말이야.'

그러고는 즐거워 펄쩍펄쩍 뛰어 바닥으로 물방울이 튀었습니다. 그런 후 냄비가 이야기를 계속했고, 그 이야기의 결말은 시작만큼이나 근사했습니다. 접시들은 즐거워 덜거덕거렸고, 카펫 빗자루는 쓰레기 더미에서 녹색 파슬리 몇 개를 가져와 화관을 만들어 냄비 위에 씌워 주었죠. 그러면 다른 이들도 왕관을 쓰고 싶어 안달할 거란 사실을 알았거든요. 그리고 빗자루는 생각했습니다.

'내가 오늘 냄비에게 왕관을 씌워 주었으니, 내일은 냄비가 내게 왕관을 씌워 주겠지.'

부젓가락이 말했습니다.

'자, 이제 춤추자.'

부젓가락이 얼마나 신 나게 춤을 추며 한쪽 다리를 공중에 들어 올리던지. 구석에 앉아 있던 의자 쿠션이 이 장면을 보고 웃음을 터트렸습니다. 부젓가락이 물었습니다.

'이제 나도 왕관을 쓸 수 있지?'

그래서 빗자루가 또 다른 화관을 찾아내 부젓가락에게 씌워 주었습니다. 성냥들은 생각했습니다.

'결국엔 다들 평범한 자들일 뿐이구나.'

모두가 차 탕관에게 노래를 불러 달라고 요청했지만, 차 탕관은 감기에 걸렸고, 물이 바글바글 끓지 않으면 노래를 할 수 없다고 했습니다. 다들 차 탕관이 잘난 체한다고 생각했습니다. 차 탕관은 응접실이나 탁자 위에서 화려한 사람들에게 둘러싸여 있을 때를 제외하고는 언제나 노래를 부르지 않으려 했으니까요.

창가에 주로 하녀가 사용하는 늙은 깃펜 하나가 앉아 있었습니다. 이 깃펜에게는 특별한 점이 하나도 없었습니다. 잉크에 아주 푹 담길 때만 제외하고요. 하지만 깃펜은 그걸 자랑스러워했습니다. 깃펜이 말했습니다.

'차 탕관이 노래를 부르지 않겠다면 그러라고 해. 새장에 노래를 부를 수 있는 나이팅게일이 있으니까. 그 애는 제대로 교육을 받지는 못했지만, 오늘 저녁에는 굳이 그 이야기를 할 필요가 없겠지.'

부엌의 가수이자 차 탕관의 배다른 형제인 찻주전자가 끼어들었습니다.

'그건 굉장히 부적절한 것 같네요. 이곳에서 부유한 외국새 노래를 듣다니요. 그게 애국적인 건가요? 장바구니에게 무엇이 옳은지 결정을 내려 달라고 하죠.'

장바구니가 말했습니다.

'정말 골치 아픈 문제군. 다들 생각하는 것보다 훨씬 더 골치 아픈 문제야. 우리가 올바르게 저녁 시간을 보내고 있는 건가? 집 안을 깨끗이 정돈하는 게 더 현명한 것 아닐까? 만약 각자가 제자리에 선다면 선두에 서서 지휘할 수 있을 텐데. 뭐, 이건 전혀 다른 문제고.'

'연극을 합시다.'

모두가 말했습니다. 하지만 그와 동시에 문이 열리고 하녀가 들어왔습니다. 그러자 다들 움직이지 않았습니다. 꼼짝도 하지 않았습니다. 하지만 동시에 다들 자신이 최고라 으스대며, 자신이 선택된다면 무엇을 할 수 있을지 생각하느라 여념이 없었습니다. 모두들 생각했습니다.

'그래, 우리가 선택받는다면 아주 즐거운 저녁을 보낼 수 있을지도 몰라.'

하녀는 성냥을 꺼내 불을 켰습니다. 맙소사, 성냥들이 얼마나 파드득거리며 활활 타오르던지! 성냥들은 생각했습니다.

'자 이제 다들 우리가 최고라는 사실을 알게 되겠지. 우리가 얼마나 빛나는지, 우리가 얼마나 환환 빛을 내뿜는지.'

성냥들이 생각을 하는 동안에 그 불꽃은 꺼졌습니다."

왕비가 말했습니다.

"정말 근사한 이야기네요. 마치 내가 그 부엌에 있는 듯하고 성냥들이 보이는 듯한 기분이 들었어요. 좋아요, 우리 딸과 결혼해도 좋아요."

왕이 말했습니다.

"물론이지. 자네에게 내 딸을 주겠네."

왕이 상인의 아들을 '자네'라고 칭한 것은 그가 곧 가족의

일원이 될 것이기 때문이었습니다. 결혼식 날짜가 잡혔고, 결혼식 전날 온 도시에 환한 불빛이 켜졌습니다. 길거리의 사람들에게 케이크와 사탕을 뿌렸습니다. 아이들은 까금발로 서서 '만세'를 외치고 손가락 사이로 휘파람을 불었습니다. 정말 대단한 행사였습니다.

"저들에게 더 재미있는 걸 보여 주겠어."

상인의 아들은 말했습니다. 그리고 온갖 종류의 폭죽을 가방에 가득 넣고 하늘로 날아갔습니다. 폭죽이 얼마나 요란하게 터지던지! 하늘에서 터지는 폭죽을 본 터키인들이 얼마나 높이 뛰었는지 슬리퍼가 머리 위로 날아다녔습니다. 사람들은 공주가 정말로 천사와 결혼하는 것이라 굳게 믿게 되었습니다. 폭죽을 터트린 다음 숲으로 내려온 상인의 아들은 생각했습니다.

'이제 마을로 돌아가서 사람들이 뭐라고 하는지 들어 보자.'

상인의 아들이 궁금해하는 것은 아주 자연스러운 일이었죠. 사람들의 이야기가 얼마나 기묘하던지! 상인의 아들이 묻자 사람들은 저마다 다른 이야기를 했지만, 다들 그 폭죽놀이가 아주 아름다웠다고 입을 모았습니다. 한 명은 이렇게 말했습니다.

"제 눈으로 직접 천사를 봤어요. 눈은 반짝반짝 빛나는 별

같고 머리는 물거품이 이는 물 같아요."

또 어떤 사람은 이렇게 외쳤습니다.

"천사가 불길이 활활 타오르는 망토를 입고 날아갔어요. 그 망토 자락 사이로 사랑스러운 아기 천사들이 빼꼼 고개를 내밀고 있었어요."

사람들은 계속해서 하늘을 나는 천사에 대한 수많은 근사

한 이야기들을 늘어놓고 다음 날이면 그가 결혼한다는 이야기를 했습니다. 이야기를 모두 들은 후 상인의 아들은 트렁크를 찾으러 숲으로 돌아갔습니다. 그런데 트렁크가 사라지고 없었습니다! 폭죽을 터트릴 때 남아 있던 불꽃에 불이 붙고 만 것입니다. 트렁크는 다 타고 재만 남았습니다! 그래서 상인의 아들은 더는 하늘을 날 수가 없었고, 신부를 만나러 갈 수도 없었습니다. 공주는 하루 종일 성의 지붕에 서서 상인의 아들을 기다렸고, 지금도 그곳에 서서 기다리고 있을지도 모릅니다. 그러는 동안 상인의 아들은 세상을 방랑하며 이야기를 했습니다. 하지만 성냥 이야기만큼 재미있는 이야기는 하나도 없었습니다.

# 전나무

깊은 숲 속, 따사로운 햇살과 신선한 공기로 아늑한 그곳
에 예쁘고 작은 전나무 한 그루가 있었습니다. 하지만 전나
무는 행복하지가 않았습니다. 주변에 자라는 소나무와 전나
무 동료들처럼 키가 크고 싶어 안달이 나 있었거든요. 햇살이
내리쬐고 부드러운 산들바람이 잎을 흔들고, 어린 시골 아이
들이 즐겁게 재잘거리며 지나갔지만, 전나무는 신경도 쓰지
않았습니다. 이따금씩 아이들이 라즈베리나 딸기가 가득 든
커다란 양동이를 가져와 지푸라기에 꿰어 화관을 만들고, 전
나무 근처에 앉아 "이 나무 정말 작고 예쁘지?" 하고 말하면,
전나무는 한층 더 우울했습니다. 하지만 그러는 동안 전나무
는 매해 나이테가 하나씩 자랐습니다. 전나무 줄기의 나이테

를 보면 나이를 알 수 있죠. 전나무는 그렇게 계속 자라면서도 투덜거렸습니다.

"아! 나도 다른 나무들처럼 크면 얼마나 좋을까. 그러면 사방으로 가지들을 뻗고, 넓은 세상을 다 내려다볼 수 있을 텐데. 내 가지에 새들이 둥지를 지을 테고, 바람이 불어오면 키 큰 친구들처럼 위엄 있게 고개 숙여 인사를 할 텐데."

전나무는 작은 키가 너무나도 불만이었던 나머지 따사로운 햇살, 새들, 아침과 저녁에 하늘을 떠다니는 장밋빛 구름들 속에서도 전혀 즐겁지가 않았습니다. 겨울이 되어 가끔씩 바다에 하얗고 반짝거리는 눈이 쌓이면, 산토끼가 뛰어와 작은 전나무를 폴짝 뛰어넘었습니다. 그럴 때면 전나무는 커다란 굴욕감에 부들부들 떨었습니다! 두 번의 겨울이 지나고 세 번째 겨울이 왔을 때, 전나무는 아주 높이 자라 산토끼가 빙 둘러서 돌아가야 했습니다. 그런데도 전나무는 여전히 불만스러워하며 투덜거렸습니다.

"아, 점점 더 커지고 나이를 먹었으면! 세상에 그보다 중요한 건 아무것도 없어!"

언제나처럼 가을이 되자 벌목꾼들이 와 가장 큰 나무 서너 그루를 잘랐고, 이제 완전히 자란 어린 전나무는 위풍당당한 나무들이 쿵 소리와 함께 땅으로 쓰러지는 걸 보며 와들 와들 떨었습니다. 가지를 모조리 쳐 내자 몸통은 너무나도 가느다랗고 횡뎅그렁해서 알아보기가 힘들 정도였습니다. 그런 다음 나무들은 수레에 실렸고, 그 수레는 말이 끌고 숲 밖으로 나갔습니다.

"저 나무들은 어디로 가는 거지? 이제 어떻게 되는 거지?"

어린 전나무는 매우 궁금했습니다. 그래서 봄이 되어 제비와 황새들이 오자 물었습니다.

"저 나무들이 어디로 가게 되는지 아세요? 저 나무들을 만나 봤어요?"

제비들은 아무것도 몰랐지만, 황새는 잠시 곰곰이 생각하더니 고개를 끄덕이며 말했습니다.

"그래, 알 것 같아. 이집트에서 날아오는 길에 새 배 서너 척을 만났지. 전나무 냄새가 나는 근사한 돛대가 달려 있어. 아무래도 그 돛대를 그 나무들로 만든 게 분명한 것 같아. 아주 위풍당당했어."

전나무는 말했습니다.

"아, 나도 키가 더 커서 바다로 나가면 얼마나 좋을까. 바다가 뭔가요? 바다는 어떻게 생겼어요?"

"그건 설명하기 어려워."

황새는 이렇게 대꾸하고는 휙 날아가 버렸습니다. 햇살

이 말했습니다.

"네 젊음을 마음껏 누려. 어린 시절을 마음껏 누려. 청춘을 마음껏 누려."

바람은 어린 전나무에게 키스했고, 이슬은 눈물로 전나무를 적셔 주었지만, 전나무는 신경도 쓰지 않았습니다.

크리스마스가 가까이 다가왔고, 어린 나무들이 수없이 잘렸습니다. 고향 숲을 떠나고 싶은 열망에 편히 쉬지도 평화를 누리지도 못한 전나무보다 더 작고 어린 나무들도 잘렸습니다. 이 어린 나무들은 아름다운 외모 때문에 선택되었고, 가지들을 쳐 내지 않은 채 그대로 말이 끄는 수레에 실려 숲 밖으로 나갔습니다. 어린 전나무가 물었습니다.

"저 나무들은 어디로 가는 거예요? 나보다 키도 크지 않은데. 오히려 하나는 나보다 훨씬 작은데. 왜 저 나무들은 가지를 쳐 내지 않은 거예요? 저 나무들은 어디로 가는 거예요?"

제비들이 노래했습니다.

"우린 알지, 우린 알지. 우리는 시내에 있는 집들의 창문을 들여다보았고, 저 아이들로 무얼 하는지 알지. 저 아이들은 가장 근사한 옷을 차려 입는단다. 우린 저 아이들이 따뜻한 방 한가운데 서서, 온갖 아름다운 것들로 장식을 달고 있는 걸 보았지. 달콤한 케이크, 금색으로 칠한 사과, 장난감, 수백 개의 밀랍 양초들을 달고 있는 걸 보았지."

전나무는 가지들을 온통 떨며 물었습니다.

"그다음엔. 그다음엔 어떻게 되나요?"

제비들이 대답했습니다.

"그 이상은 우리도 못 봤어. 그 이상은 궁금하지도 않고."

전나무는 생각했습니다.

'나한테도 그런 근사한 일이 일어날까? 바다를 건너는 것보다 훨씬 더 좋겠다. 매우 간절해서 고통스러울 정도야. 아! 크리스마스가 언제 올까? 이제 난 작년에 데려간 나무들만큼 크고 멋있게 자랐는데. 아! 지금 당장 수레에 눕거나, 내몸에 온통 반짝거리고 멋진 것들을 달고 따뜻한 방 안에 서고 싶다! 더 멋있고 아름다운 일이 일어나는 게 분명해. 아니면 나무들을 그렇게 장식해 놓지 않을 테니까. 그래, 훨씬 더 웅장하고 멋진 일이 벌어지는 걸 거야. 그게 뭘까? 간절히 바라기만 하는 것도 지긋지긋하다. 이젠 내 마음이 어떤지도 잘 모르겠어.'

바람과 햇살이 말했습니다.

"우리와 함께 기쁨을 누리자. 신선한 공기 속에서 눈부신 인생을 즐겨."

전나무는 기쁨을 누리지 않았습니다. 그러나 하루가 다

르게 점점 더 크게 자랐습니다. 겨울과 여름에 숲을 지나가던 사람들이 전나무의 어두운 녹색 잎을 보고 이렇게 말했습니다.

"정말 아름다운 나무네!"

크리스마스가 얼마 남지 않았을 때, 불만 많은 전나무가 처음으로 쓰러졌습니다. 도끼가 파고들어 줄기를 잘라 냈고, 전나무는 신음 소리를 내며 땅으로 쓰러졌습니다. 고통이 너무 심한 나머지 기절할 것 같았습니다. 행복한 미래에 대한 기대는 모두 사라져 버리고 고향 숲을 떠난다는 슬픔만이 가득했습니다. 이제 다시는 사랑스러운 오랜 친구들, 나무들, 작은 덤불들과 그 곁에 자라는 알록달록한 꽃들도 보지 못하게 될 것입니다. 그리고 어쩌면 새들도요. 그리고 여행길 역시 전혀 즐겁지 않았습니다. 전나무는 어느 집 마당에서 서너 그루의 다른 나무와 함께 내리며 정신을 차렸습니다. 웬 남자의 목소리가 들렸습니다.

"우린 하나면 돼. 이게 제일 예쁘네."

멋진 제복을 입은 하인 둘이 나와 전나무를 커다랗고 아름다운 방 안으로 옮겼습니다. 벽에는 그림들이 걸려 있었고, 커다란 난로 근처에는 뚜껑에 호랑이가 달린 커다란 꽃병들이 놓여 있었습니다. 흔들의자며 실크를 씌운 소파, 커다란 탁자들도 있었습니다. 그 탁자 위에는 그림과 책, 어마어마하게 비싼 장난감들이 놓여 있었습니다. 적어도 아이들은 그렇게 생각하겠죠. 그리고 전나무는 모래가 가득 찬 커다란 통에 놓였습니다. 하지만 통 주변에는 녹색 모직 천이 둘러져 있어 아무도 그게 통이란 걸 알 수 없었으며, 그 통은 아주 근사한 카펫 위에 서 있었습니다. 전나무는 얼마나 떨렸는지! 이제 전나무에게 무슨 일이 일어나는 것일까요? 어린 숙녀 몇 명이 안으로 들어오더니 하인들의 도움을 받아 전나무를 장식했습니다. 가지 하나에는 색종이로 만든 작은 가방을 주렁주렁 달았는데, 가방에는 사탕이 가득 들어 있었습니다. 또 다른 가지에는 금색으로 칠한 사과와 호두를 달았는데 마치 전나무 열매 같았습니다. 그리고 온 가지에 수백 개의 빨갛고 파랗고 하얀 양초를 묶었습니다. 진짜 아기와 똑같이 생긴 인형들을 푸른 잎 아래에 놓고—전나무는 그런 건 생전 처음 보았습니다.—꼭대기에는 장식용으로 반짝이는 조각으로 만든 반짝거리는 별을 하나 달았습니다. 아, 정말로 아름다웠습니다! 모두들 외쳤습니다.

"오늘 저녁이 되면 이 나무가 얼마나 반짝거릴까!"

전나무는 생각했습니다.

'아, 저녁이 되어 초에 불을 켜면! 그러면 어떤 일이 일어나는지 알 수 있겠지. 숲 속의 나무들이 나를 보러 올까? 제비들이 날아가다 창문을 들여다볼까? 나는 여기 있으면 더 빨리 자라는 것일까? 여름이고 겨울이고 이 장식들을 계속 달고?'

하지만 고민을 해 봐야 소용없었습니다. 괜히 나무껍질만 아팠죠. 우리 인간에게 두통이 그렇듯 호리호리한 전나무에게는 커다란 고통이었습니다. 마침내 촛불이 켜졌습니다. 전나무가 얼마나 반짝거리던지! 전나무는 커다란 기쁨에 온 가지를 흔들었고, 그 바람에 초 하나가 푸른 잎 사이로 떨어져 몇 개가 타고 말았습니다.

"도와주세요! 도와주세요!"

어린 숙녀들이 외쳤지만 위험할 건 전혀 없었습니다. 불은 금방 꺼졌으니까요. 전나무는 몸을 떨지 않고 가만히 서 있으려 애썼습니다. 불이 무서워서요. 아름다운 장식을 하나라도 다치게 할까 봐 조마조마했지만, 그 와중에도 눈부신 장식에 황홀했습니다. 이제 접이식 문들이 활짝 열리더니 전나무를 뒤엎기라도 하려는 듯한 무리의 아이들이 뛰어 들어왔습니다. 아이들 뒤로 좀 더 점잖은 어른들이 따라 들어왔습니다. 일순간 어린아이들은 감탄하며 침묵하고 섰다가, 이내 방이 떠나가라 기쁨의 탄성을 지르더니 전나무를 돌며 즐겁게 춤을 추었고 전나무에 달린 선물을 하나씩 가져갔습니다. 전

153

나무는 생각했습니다.

'저 아이들이 무얼 하는 거지? 이제는 또 어떤 일이 벌어질까?'

마침내 가지 위의 초들이 다 타들어 가 꺼졌습니다. 그러자 어른들의 허락을 받은 아이들이 나무를 약탈하러 달려들었습니다. 아, 얼마나 사납게 달려들던지. 가지들이 우지끈 부러졌습니다. 천장에 매달린 빛나는 별과 붙어 있지 않았더라면 전나무는 쓰러지고 말았을 것입니다. 이제 아이들은 예쁜 장난감을 들고 펄쩍펄쩍 뛰었습니다. 아이들이 빼놓은 사과나 무화과가 있나 가지 사이를 살펴보는 유모를 제외하고는 아무도 전나무에게 눈길을 주지 않았습니다.

"이야기해 주세요, 이야기해 주세요."

아이들이 작고 뚱뚱한 남자를 전나무 쪽으로 끌어당기며 외쳤습니다. 남자가 전나무 아래에 앉으며 말했습니다.

"이제 나무 그늘 안에 있으니 이 나무도 재미있는 이야기를 들을 수 있겠구나. 하지만 이야기는 딱 하나만 할 거야. 무엇으로 할까? 이베데 아베데? 아니면 계단에서 떨어졌지만 곧 다시 일어나서 마침내 공주와 결혼한 험프티 덤프티?"

어떤 아이들은 외쳤습니다.

"이베데 아베데요."

또 어떤 아이들은 외쳤습니다.

"험프티 덤프티요."

아이들은 저마다 고함을 지르고 외쳤습니다. 전나무는 아무 말없이 생각에 잠겼습니다.

'내가 여기 끼어도 되는 건가?'

하지만 전나무는 이미 아이들에게 커다란 즐거움을 안겨 주었습니다. 이제 나이 많고 뚱뚱한 남자가 아이들에게 험프티 덤프티 이야기를 해 주었습니다. 험프티 덤프티가 계단에서 떨어졌다 다시 일어나서 공주와 결혼한 이야기를요. 아이들은 박수를 치며 외쳤습니다.

"하나 더요, 하나 더요."

'이베데 아베데' 이야기도 듣고 싶었던 것이지만 이야기는 험프티 덤프티로 끝났습니다. 이야기가 끝난 후 전나무는 아주 조용히 생각에 잠겼습니다. 숲 속의 새들은 계단에서 떨어졌지만 공주와 결혼한 험프티 덤프티 같은 이야기들을 한 번도 해 준 적이 없었습니다. 전나무는 생각했습니다.

'아! 그래, 세상에서는 그런 일들이 일어나는구나.'

전나무는 그 이야기를 전부 믿었습니다. 그렇게 착한 남자가 해 준 이야기였으니까요. 전나무는 생각했습니다.

'아! 그래. 누가 알겠어? 어쩌면 나도 넘어졌다가 공주와

결혼할지도 모르잖아.'

전나무는 다음 날 저녁이 오기를 즐거운 마음으로 기다렸습니다. 또 초와 장난감, 금딱지와 과일로 장식될 거라 예상한 것입니다. 전나무는 생각했습니다.

'내일은 떨지 않을 거야. 근사한 모습을 마음껏 즐기면서, 험프티 덤프티 이야기를 다시 들을 거야. 어쩌면 이베데 아베데 이야기를 들을지도 모르지.'

전나무는 밤새도록 조용히 생각에 잠겼습니다. 아침이 되자 하인들과 하녀가 들어왔습니다. 전나무는 생각했습니다.

'자, 이제 또다시 날 근사하게 장식하겠지.'

하지만 그들은 전나무를 방에서 끌어내어 다락방으로 데려가더니 햇살이 조금도 들지 않는 컴컴한 구석 바닥에 던져놓고 나갔습니다. 전나무는 생각했습니다.

'이건 무슨 뜻이지? 여기서 뭘 하라는 거지? 이런 곳에 대한 이야기는 들은 적이 없어.'

전나무는 생각할 시간이 아주 많았습니다. 며칠 밤낮이 지났지만 아무도 전나무를 찾아오지 않았고, 마침내 누군가 들어오긴 했지만 그 사람은 그저 구석에 커다란 상자들을 놓고 나갔습니다. 그래서 전나무는 마치 아예 존재하지 않는 것처럼 구석에 푹 파묻혔습니다. 전나무는 생각했습니다.

'지금은 겨울이라 땅이 딱딱하게 얼고 눈으로 덮여 있어서 나를 심을 수 없는 거야. 봄이 올 때까지 여기 머무르라는 거겠지. 다들 나를 소중하게 생각하는구나! 그래도 이렇게 어둡고 외로운 곳이 아니었으면 좋겠는데. 처다볼 작은 산토끼 한 마리 없으니. 숲 속에 있을 때는, 땅에 눈이 쌓이고 산토끼가 뛰어다니면서 나를 뛰어넘을 때는 정말 즐거웠는데. 그때는 싫었지만. 아! 여긴 너무너무 외로워.'

"찍찍."

작은 생쥐 한 마리가 살금살금 전나무 곁으로 다가오며 말했습니다. 그리고 또 한 마리가 나왔습니다. 둘은 전나무 냄새를 맡으며 가지 사이로 기어 왔습니다. 작은 생쥐가 말했습니다.

"아, 정말 춥다. 춥지만 않으면 여기서 아주 안락하게 지낼 수 있을 텐데, 안 그래요, 전나무 아저씨?"

전나무가 말했습니다.

"난 아저씨가 아니야. 나보다 더 나이 많은 나무들이 얼마나 많은데."

호기심 많은 생쥐들이 물었습니다.

"아저씨는 어디서 왔어요? 뭘 알고 있어요? 세상에서 가장 아름다운 곳들을 가 봤어요? 우리한테 말해 줄래요? 찬장

157

에 치즈가 있고 천장에 햄이 달려 있는 창고에 가 봤어요? 그
곳에 있는 수지 양초들 사이를 뛰어다닐 수도 있고 빼빼 마
른 말라깽이가 들어갔다 뚱뚱보가 되어서 나오는 곳이에요."

전나무는 말했습니다.

"그런 곳에 대해서는 아무것도 몰라. 하지만 태양이 빛나
고 새들이 노래하는 숲에 대해서는 잘 알지."

그런 다음 전나무는 어린 생쥐들에게 어린 시절 이야기를
전부 해 주었습니다. 생쥐들은 생전 처음 들어 보는 이야기
였습니다. 생쥐들은 가만히 그 이야기를 듣더니 말했습니다.

"얼마나 많은 걸 본 거예요? 정말 행복했겠다."

"행복이라!"

전나무는 외친 다음 생쥐들에게 말한 이야기를 곰곰이 생
각해 보더니 다시 입을 열었습니다.

"아, 그래! 그때가 행복한 시절이었지."

이번에는 전나무가 크리스마스이브 때 케이크와 불빛들
로 근사하게 차려입은 이야기를 해 주자 생쥐들이 말했습
니다.

"정말 행복했겠다, 전나무 아저씨."

전나무가 대꾸했습니다.

"난 그렇게 늙지 않았다니까. 올겨울에서 숲에서 나왔을

뿐인걸. 이제는 성장이 멈췄어."

"아저씨 이야기 정말 근사하다."

작은 생쥐들이 말했습니다. 그리고 다음 날 밤, 네 마리의 생쥐가 더 나와 전나무의 이야기를 들었습니다. 전나무는 이야기를 하면 할수록 더 많은 기억이 떠올랐고, 그러다가 생각했습니다.

'그때가 행복한 시절이었지만, 다시 그 시절이 올지도 몰라. 험프티 덤프티는 계단에서 떨어졌지만 공주님과 결혼했잖아. 어쩌면 나도 공주님과 결혼할지도 몰라.'

그리고 전나무는 숲 속에서 자라던 예쁘고 작은 자작나무를 떠올렸습니다. 전나무에게는 그 자작나무가 아름다운 공주님이었습니다.

"험프티 덤프티가 누구예요?"

작은 생쥐들이 물었습니다. 전나무는 생쥐들에게 험프티 덤프티 이야기를 해 주었습니다. 단어 하나 빼놓지 않고 전부 기억하고 있었죠. 어린 생쥐들은 그 이야기를 듣고 아주 좋아하며 당장이라도 나무 꼭대기로 뛰어오를 듯 폴짝폴짝 뛰었습니다. 다음 날 밤, 훨씬 더 많은 생쥐들이 모였고, 일요일에 어른 쥐 두 마리도 함께 왔습니다. 하지만 어른 쥐 두 마리가 전혀 근사한 이야기가 아니라고 하자 어린 생쥐들은 매우 안

타까워했습니다. 어른들이 그렇게 말하자 전나무의 이야기가 시시해지고 말았기 때문입니다. 어른 쥐들이 물었습니다.

"이야기는 하나밖에 모르나?"

전나무가 대답했습니다.

"하나밖에 몰라요. 생애 가장 행복한 저녁에 들은 이야기죠. 하지만 당시에는 제가 그렇게 행복한지를 몰랐어요."

어른 쥐들이 말했습니다.

"우리가 듣기에는 아주 비참한 이야기인걸. 창고에 있는 베이컨이나 수지 양초에 관한 이야기는 모르나?"

전나무가 대답했습니다.

"네."

"그럼 그동안 고마웠네."

어른 쥐들이 이렇게 대꾸하고는 어린 생쥐들을 데리고 가 버렸습니다. 어린 생쥐들 또한 이후로는 전나무 가까이 다가오지 않았습니다. 전나무는 한숨을 쉬며 말했습니다.

"그 명랑한 어린 생쥐들이 내 곁에 앉아 내 이야기에 귀를 기울일 때는 참 즐거웠는데. 이젠 그것 역시 다 지나간 일이구나. 하지만 누군가 들어와 날 여기서 꺼내 주면 행복할 거야."

하지만 과연 그런 일이 일어날까요? 네. 어느 날 아침 사람들이 들어와 다락방을 청소하고 커다란 상자들을 한쪽으로 치우고 구석에 있던 전나무를 끌어내어 다락방 바닥에 거칠게 내팽개쳤습니다. 그런 다음 햇살이 비치는 계단으로 끌고 내려왔습니다.

"이제 삶이 다시 시작되는구나."

전나무는 말하며 햇살과 신선한 공기를 마음껏 즐겼습니다. 전나무는 계단 아래로, 마당으로 순식간에 끌려 나왔고, 주변을 둘러보느라 정신이 없었습니다. 구경거리가 아주 많았거든요. 마당 옆 정원에는 꽃들이 만발해 있었습니다. 말뚝 울타리에는 신선하고 향긋한 장미 덩굴이 늘어져 있었습니다. 보리수나무에도 꽃이 가득 피어 있었습니다. 제비들은 이곳저곳으로 날아다니며 "찍찍찍, 내 친구가 오네." 하고 외쳤습니다. 하지만 제비들이 말하는 친구는 전나무가 아니었습니다.

"이제 난 사는 거야."

전나무는 외치며 기쁨으로 가지를 쫙 펼쳤습니다. 그런데 아아! 가지들은 전부 시들시들하고 누렇게 떠 버렸습니다. 그리고 잡초와 가시덤불 사이의 구석에 누워 있었습니다. 금색 종이로 만든 별 하나가 아직 나무 꼭대기에 붙어 있었고, 햇살 속에서 반짝반짝 빛났습니다. 마당에는 크리스마스 때 전나무를 돌며 춤을 추고 매우 행복하던 쾌활한 아이 두 명이 놀고 있었습니다. 제일 어린아이가 반짝거리는 별을 발견하고 달려와 그 별을 잡아뗐습니다.

"못생긴 늙은 전나무에 뭐가 붙어 있는지 봐."

아이가 말하며 부츠로 전나무를 밟아 가지가 우지끈 부러졌습니다. 전나무는 정원의 신선하고 환한 꽃들을 둘러보고 자신의 모습을 보았습니다. 차라리 다락방의 컴컴한 구석에 남아 있었으면 싶은 심정이었습니다. 숲 속의 어린 시절, 즐거운 크리스마스 저녁, '험프티 덤프티' 이야기를 듣던 어린 생쥐들을 떠올렸습니다. 늙은 전나무는 말했습니다.

"다 끝났구나! 다 끝났어! 아, 즐길 수 있었을 때 즐길 것을! 이제는 너무 늦어 버렸구나."

한 젊은이가 나와 전나무를 여러 조각으로 잘라 내어, 바닥에 장작더미를 한가득 쌓아 놓았습니다. 이 장작을 구리 솥 아래 아궁이의 불 속에 집어넣었고, 곧 장작은 환하게 타올랐습니다. 전나무는 아주 깊은 한숨을 쉬었습니다. 각각의 한숨 소리는 총 쏘는 소리 같았습니다. 그러자 놀던 아이들이 다가와 아궁이 앞에 앉아 불길을 쳐다보며 외쳤습니다.

"빵, 빵."

하지만 빵 소리는 깊은 한숨이었고, 전나무는 숲 속의 여름날, 크리스마스 저녁, 유일하게 들었고 유일하게 이야기 할 수 있는 '험프티 덤프티' 이야기를 생각했습니다. 불길에 다 타들어 갈 때까지요. 아이들은 여전히 정원에서 놀고 있었고, 가장 어린아이는 가슴에 금색 별을 달고 있었습니다. 전나무가 생애 가장 행복한 저녁에 달고 있던 바로 그 별을요. 이제 모든 것은 끝났습니다. 전나무의 삶은 끝났고, 이야기 또한 끝났습니다. 모든 이야기는 결국에는 끝이 나기 마련이니까요.

# 그림자

　날씨가 매우 더운 곳, 태양의 열기가 가장 센 곳에 사는 사람들은 대개 마호가니처럼 갈색입니다. 그리고 가장 더운 나라에 사는 사람들은 피부가 까만 흑인이죠. 북쪽의 추운 나라에서 이렇게 따뜻한 나라로 여행을 간 어느 학자가 있었습니다. 학자는 고향에서처럼 이리저리 쏘다닐 생각이었지만 곧 생각을 바꾸었습니다. 현명한 사람들이 모두 그렇듯 하루 종일 집 안에 머물며, 모든 창문과 문을 꼭 닫아야 한다는 사실을 깨달은 것이었죠. 대낮이면 집 안에 있는 사람들이 전부 잠을 자거나 집을 비운 것 같아 보였죠.

　학자가 머무는 좁은 거리의 집들은 얼마나 높은지 아침부터 저녁까지 견디기 힘들 정도로 태양이 내리쬐었습니다. 추운 나라에서 온 학자는 똑똑할 뿐 아니라 젊었습니다. 하지만 찜통 안에 앉은 것처럼 푹푹 찌는 날씨에 점점 지치고 기력이 떨어지고 수척해졌습니다. 그의 그림자도 쪼그라들어 고향에 있을 때보다 훨씬 작아졌습니다. 태양은 남은 그림자마저 가져가 버렸고, 저녁이 되고 해가 지고 나서야 그림자를 볼 수 있었습니다. 방에 등불을 켜면 벽과 천장에 늘어지는 긴 그림자를 보는 것이 정말로 즐거웠습니다. 기운을 회복하려는 듯 그림자는 아주 길게 몸을 펼쳤습니다. 학자도 기지개를 펴기 위해 이따금씩 발코니로 나갔습니다. 맑고 아름다운 하늘에 별이 뜨면 다시 기운이 샘솟는 것 같았습니다. 이 시간이 되면 거리의 모든 발코니마다 사람들이 나왔습니다. 따뜻한 날씨 때문에 이곳에는 사람들이 신선한 저녁 공기를 마실 수 있도록 발코니가 창마다 달려 있었습니다. 피부를 마호가니처럼 갈색으로 만드는 열기에 익숙한 사람들에게도 저녁의 신선한 공기가 필요했죠. 그래서 저녁이면 거리는 활기를 띠었습니다. 구두장이, 양복장이, 온갖 사람들이 발코니에 나와 앉아 있었습니다. 발코니 아래의 길거리에서는 탁자와 의자를 내놓고 수백 개의 촛불을 켜고 떠들고 노래하며 아주 흥겨워했습니다. 사람들이 걸어 다니고, 마차가 지나가고, 노새들은 마구에 걸린 종을 딸랑거리며 타닥타닥 발걸음을 옮겼습니다. 그리고 죽은 자들은 음산한 곡과 함께 무덤으로 운반되기도 했고 교회의 종소리가 울려 퍼지기도 했습니다.

길거리에는 그야말로 다양한 삶의 풍경이 펼쳐졌습니다. 하지만 단 한 집, 바로 외국에서 온 학자가 사는 맞은편 집만이 이런 풍경과 대조적이었습니다. 그 집은 굉장히 조용했습니다. 하지만 그곳에도 누군가 사는 게 분명했습니다. 발코니에 꽃 화분들이 늘어서 있었고 뜨거운 태양 속에서 아름답게 피어 있었으니까요. 세심하게 신경을 쓰며 물을 주지 않았다면 이렇게 아름답게 자라지 못했을 테니까요. 따라서 그 집 안에는 누군가 살고 있는 게 분명했습니다. 저녁이면 발코니로 이어지는 문이 반쯤 열렸습니다. 그리고 앞쪽의 방은 캄캄했지만 안에서는 음악 소리가 새어 나왔습니다. 학자는 이 음악이 아주 마음에 들었습니다. 하지만 어쩌면 학자가 착각한 것인지도 몰랐습니다. 태양의 열기만 제외하고 이 따뜻한 나라의 모든 것이 학자의 마음에 들었으니까요. 학자가 사는 집의 집주인은 맞은편 집에 누가 사는지 모른다고 했습니다. 그 집에서는 아무도 보지 못했다고요. 그리고 집주인은 그 음악이 드물게 아주 지루하다고 여겼습니다.

"누군가 능력도 되지 않는 곡을 연습하는 것 같아. 항상 같은 곡이야. 언젠가는 그 곡을 완성할 수 있을 거라고 생각하는 모양이지. 하지만 아무리 오래 연습을 해도 안 될 것 같은데."

어느 날 학자는 한밤에 잠에서 깨어났습니다. 발코니로 이어지는 문을 열어 둔 채 잠이 들었었습니다. 바람이 불어와 문에 달린 커튼을 들어 올렸고, 맞은편 집의 발코니가 환하고 근사하게 빛났습니다. 꽃들은 세상에서 가장 근사한 색의 불꽃같았고, 꽃들 가운데 아름답고 날씬한 아가씨가 한 명 서 있었습니다. 그 아가씨에게서 빛이 나는 것 같았고 눈이 부셨습니다. 하지만 학자는 그때 막 잠에서 깨어 눈을 뜬 참이었습니다. 학자는 한걸음에 침대에서 뛰어나와 살금살금 커튼 뒤로 다가갔습니다. 하지만 그 아가씨는 사라졌습니다. 빛도 사라졌습니다. 꽃들은 여전히 아름답긴 했지만, 더는 불꽃처럼 타오르지 않았습니다. 문은 열려 있었고 안쪽 방에서는 아주 달콤하고 사랑스러운 음악 소리가 새어 나왔습니다. 음악 소리를 듣고 있자니 호기심이 일었습니다. 저기에는 누가 사는 것일까? 저 집으로 들어가는 입구는 어디 있을까? 건물 앞거리든 옆 골목이든, 일 층은 전부 가게들이 줄줄이 늘어서 있어 아무 때도 사람들이 드나들 수 없었으니까요.

어느 날 저녁 외국인 학자는 발코니에 앉았습니다. 뒤쪽의 방에는 등불이 밝혀져 있었습니다. 따라서 그의 그림자가 맞

167

은편 집의 벽에 드리운 것도 아주 자연스러운 일이었죠. 그렇게 학자는 발코니의 꽃 사이에 앉았고, 그가 움직이면 그의 그림자 역시 움직였습니다. 학자는 말했습니다.

"맞은편 집에서 살아 움직이는 건 내 그림자뿐인 것 같아. 그림자가 아주 즐겁게 꽃 사이에 앉아 있는 걸 봐. 문은 반쯤 열려 있네. 그림자가 그 안으로 들어가 방 안을 둘러본 다음, 돌아와 내게 본 것을 말해 줄 수만 있다면 얼마나 좋을까. 그러면 참 편리하겠네."

학자는 농담하듯 말했습니다.

"자, 이제 방 안으로 들어가 볼래?" 하며 고개를 끄덕였더니 그림자도 같이 고개를 끄덕였습니다.

"자 안으로 들어가. 하지만 나한테서 떨어지진 말고."

그리고 학자는 일어섰습니다. 맞은편 발코니의 그림자 역시 일어섰습니다. 학자가 뒤돌아서자, 그림자도 뒤돌아섰습니다. 그리고 누군가 그 장면을 봤다면 그림자가 곧장 맞은편 발코니의 반쯤 열린 문으로 들어가고, 학자는 자신의 방으로 들어가 커튼을 내리는 것을 보았을지도 모릅니다. 다음 날 아침 학자는 커피를 마시고 신문을 읽으러 바깥으로 나갔습니다. 태양 아래 선 학자는 외쳤습니다.

"이게 어떻게 된 일이지? 내 그림자가 사라졌어. 그러면 어제 저녁에 정말로 가 버려서 돌아오지 않은 것이구나. 이거 정말 곤란한데."

정말로 학자는 난감했습니다. 그림자가 사라져서가 아니라, 그림자가 없는 남자 이야기가 있다는 걸 알기 때문이었습니다. 고향의 모든 사람들이 이 이야기를 알았습니다. 학자가 고향에 돌아가 모험 이야기를 해 주면 옛날이야기를 모방한 거라고 할 것입니다. 학자는 그런 말을 듣고 싶지 않았습니다. 그래서 그 이야기는 하지 않기로 결심했습니다. 아주 현명한 결정이었죠.

저녁이 되어 학자는 다시 발코니에 나갔고, 등 뒤에서 등불빛이 비추도록 했습니다. 그림자는 언제나 주인이 있어야 나타나는 법이니까요. 하지만 그림자를 꾀어낼 수 없었습니다. 학자는 몸을 작게 구부렸다가 크게 펼쳤지만, 그림자는 없었고 돌아오지 않았습니다. "흠, 으흠." 하고 헛기침도 해 보았지만 소용이 없었습니다. 정말이지 난감했습니다. 하지만 따뜻한 이 나라에서는 모든 것이 아주 빨리 자란답니다. 일주일이 지나자 햇살 속을 걷던 학자는 발치에서 자라나는 새 그림자를 발견하고 아주 기뻤습니다. 뿌리는 남아 있었던 것입니다. 삼 주가 지나자 그림자는 꽤 커다랗게 자랐고, 학자가 북쪽 땅으로 돌아가는 길에도 계속해서 자라나 마침내는 반쯤 떼

내도 될 정도로 아주 크게 자랐습니다. 고향에 도착한 학자는
이 세상의 진실, 선함, 아름다운 것에 대한 책을 여러 권 썼습
니다. 그리고 며칠, 몇 년, 아주아주 오랜 세월이 흘렀습니다.

어느 날 저녁, 학자가 서재에 앉아 있는데 아주 조심스럽
게 방 문을 두드리는 소리가 들렸습니다. 학자는 말했습니다.

"들어오세요."

하지만 아무도 들어오지 않았습니다. 학자가 방문을 열자
너무 말라서 보기 안쓰러운 남자 한 명이 서 있었습니다. 하
지만 그는 아주 근사한 옷차림에 점잖은 신사 같아 보였습니
다. 학자가 물었습니다.

"누구신지요?"

우아한 차림새의 낯선 이가 말했습니다.

"아, 저를 알아보시길 바랐는데. 그동안 아주 많이 자라서
옷을 입을 살로 된 몸이 생겨났죠. 이런 제 모습은 상상도 못
하셨을 겁니다. 당신의 오랜 그림자를 못 알아보시겠습니까?
아, 제가 다시 돌아올 거라고 상상도 못 하셨겠죠. 당신을 떠
난 후로 저는 성공했답니다. 부자가 되었고 자유를 샀죠. 저
에겐 쉬웠습니다."

그는 이야기를 하는 동안 목에 건 두꺼운 금시곗줄에 걸
린 값비싼 장신구들을 만지작거렸습니다. 그의 손가락에는

다이아몬드 반지들이 번쩍거렸고, 다 진짜 보석이었습니다. 학자가 말했습니다.

"놀라서 정신을 못 차리겠군요. 이게 다 무슨 소리죠?"

그림자가 말했습니다.

"좀 드문 일이긴 하죠. 하지만 당신은 보통 사람이 아니고, 어린 시절부터 항상 당신의 발치를 따라다녔다는 걸 잘 알고 계시잖습니까. 제가 혼자서 여행을 할 수 있다는 사실을 깨달은 순간, 저는 홀로 길을 떠났고, 현재는 아주 부유하게 살고 있습니다. 하지만 당신이 죽기 전에 한 번 더 당신을 꼭 만나보고 싶었고, 이곳에 다시 한 번 와 보고 싶었습니다. 고향에 대한 그리움은 누구나 가지고 있는 법이니까요. 이제 당신에게는 다른 그림자가 생겼군요. 제가 당신께 빚진 게 있습니까? 있다면 꼭 말씀해 주세요."

학자가 말했습니다.

"말도 안 돼! 정말 그림자인가? 이거야 정말로 놀랍구나. 그림자가 사람이 될 수 있다고는 상상도 못했는데."

그림자가 말했습니다.

"제가 당신에게 진 빚을 말씀해 주세요. 누구에게도 빚을 지고 싶지 않으니까요."

학자가 말했습니다.

"어떻게 그런 말을 할 수 있지? 우리 사이에 무슨 빚이 있겠나? 게다가 다른 사람들처럼 자유로운 인간이잖아. 잘 살고 있다니 정말 기쁘구나. 앉게, 오랜 친구. 어떻게 된 일인지, 우리가 그 더운 나라에 있는 동안 그 맞은편 집에서 무얼 보았는지 말해 보게."

그림자가 의자에 앉았습니다.

"네, 말씀드리죠. 하지만 절대 이 도시 안에서는 제가 당신의 그림자였다는 사실을 아무에게도 말하지 않겠다고 약속해 주셔야 합니다. 전 결혼할까 생각 중입니다. 가족을 먹여 살리고도 남을 만큼 돈은 충분하니까요."

학자가 말했습니다.

"걱정 마. 아무에게도 정체를 말하지 않겠네. 여기 내 손을 잡게. 약속하겠네. 사람과 사람 사이에서는 그 한마디면 충분해."

"사람과 그림자 사이죠."

그림자는 저도 모르게 그렇게 말했습니다. 그림자가 사람과 얼마나 똑같은 모습을 하고 있는지 정말이지 놀라울 정도였습니다. 그림자는 검은색 최고급 양복을 입고, 광이 나는 부츠를 신고, 꼭대기와 테만 보이도록 완전히 접을 수 있는 실크해트를 쓰고, 그 외에도 앞서 말한 장신구에 금사슬에 다이아몬드 반지까지 달고 있었습니다. 그림자는 정말로 아주 근사한 차림이었고, 그래서 알아보기가 힘들었습니다.

"이제 당신이 알고 싶어 하는 것들을 이야기하겠습니다."

그림자는 말하며 학자의 발치에 푸들 강아지처럼 앉아 있는 새 그림자의 팔에 광택이 나는 가죽 부츠를 단단히 올려놓았습니다. 이건 자부심 때문이었을지도 모르고, 어쩌면 새 그림자가 자신에게 달라붙을지도 모른다는 생각 때문이었을지도 모릅니다. 하지만 학자의 새 그림자는 그림자의 이야기가 듣고 싶은지 아무 말없이 조용히 있었습니다. 어떻게 그림자가 주인에게서 벗어나 인간이 될 수 있는지 궁금했으니까요. 그림자가 말했습니다.

"당신이 살던 맞은편 집에 세상에서 가장 영광스러운 피조물이 산다는 거 아십니까? 그건 시였습니다. 저는 그곳에서 삼 주간 머물렀는데 마치 삼천 년은 머문 것 같았죠. 그곳에 적힌 모든 시와 산문을 읽었으니까요. 솔직히 말해 저는 모든 것을 보고 배웠다고 할 수 있죠."

학자가 외쳤습니다.

"시라니! 그래, 시는 대도시의 은둔자로 살지. 시라! 잠이 내 눈꺼풀을 무겁게 내리누를 때 아주 잠깐 그녀를 본 적이 있어. 발코니에 서 있는 그녀는 눈부신 북극광처럼 빛났고 불꽃같은 꽃들로 둘러싸여 있었지. 말해 줘. 그날 저녁, 그 발코니에 있었잖아. 그 문 안으로 들어가서 무얼 본 거지?"

그림자가 말했습니다.

"들어가 보니 작은 대기실이었습니다. 당신은 여전히 제 맞은편에 앉아 방 안을 들여다보고 있었죠. 불빛 하나 없었지만 완전히 캄캄하진 않았어요. 방문이 활짝 열려 있었고, 그 안은 환한 빛이 밝혀져 있었으니까요. 그 아가씨에게 가까이 다가가서 환한 빛을 쬐었다면 전 죽어 버렸을 겁니다. 하지만 아주 조심스럽게 천천히 다가갔습니다."

학자가 물었습니다.

"그래서 자넨 뭘 봤지?"

"모든 걸 봤어요. 말씀드리죠. 하지만 자유인이자 지식을 갖춘 남자로서, 게다가 이러한 지위며 부를 갖춘 남자로서 자랑스럽게 할 수 있는 말은 아닙니다. 그리고 당신이 저를 자네나 너가 아닌 당신이라고 불러 주었으면 좋겠군요."

학자가 말했습니다.

"실례했네. 오래된 습관이라 잘 고쳐지지가 않는군. 당신 말이 맞아. 주의하겠네. 이제 무얼 봤는지 다 말해 줘."

그림자가 말했습니다.

"모든 것을 다 말씀드리죠. 전 모든 것을 보았고 아니까요."

학자가 물었습니다.

"방 안의 모습은 어땠지? 서늘한 숲 같았나? 아니면 성스러운 신전 같았나? 아니면 높은 산꼭대기에서 보는 별이 무수한 하늘같았나?"

그림자가 말했습니다.

"당신이 말한 전부와 같았죠. 하지만 사실 방 안으로 들어가진 않았습니다. 대기실의 여명 속에 남아 있었죠. 하지만 그곳에서는 시의 정원에서 일어나는 모든 걸 보고 들을 수 있었습니다."

"그래서 무얼 봤는데? 고대의 신들이 방 안을 거닐었나? 과거의 영웅들이 다시 전투를 벌였나? 사랑스러운 아이들이 즐겁게 놀면서 꿈 이야기를 했나?"

"말씀드린 대로 전 그곳에 가 보았고, 그곳에서 일어난 모든 것을 다 보았습니다. 당신이 그곳에 갔더라면 인간으로 남지 못했을 겁니다. 반면에 전 인간이 되었지만요. 그리고 동시에 저는 제 내면의 존재와 시에 대한 선천적인 애정을 깨닫게 되었습니다. 사실 당신과 함께 있을 때는 그런 생각을 많이 해 보지 않았지만, 당신도 제가 동틀 녘과 해 질 녘이면 몸집이 훨씬 더 커지고, 달빛이 쏟아질 때면 당신보다 더 눈에 띄었다는 사실을 기억하실 겁니다. 하지만 당시에 저는 제

175

내면의 존재를 이해하지 못했죠. 대기실에 있는 동안 내면의 존재를 깨달았습니다. 저는 인간이 되었고, 완숙한 경지에 이르러 그곳에서 나왔습니다. 하지만 당신은 이미 따뜻한 나라를 떠난 후였죠. 사람이 된 저는 부츠나 옷도 없이 돌아다니는 게 부끄러웠습니다. 옷을 갖춰 입어 마무리를 해야 사람이라고 할 수 있으니까요. 그래서 저는 홀로 여행길을 떠났습니다. 다 말씀드리죠. 당신이 그 이야기를 책으로 쓰지 않을 테니까. 저는 케이크 파는 여자의 망토 밑에 숨었지만, 그 여자는 누가 숨었는지도 잘 눈치채지 못했습니다. 저녁이 되어서야 저는 과감하게 바깥으로 나갔죠. 달빛 속에서 길거리를 쏘다녔습니다. 벽 위로 몸을 한껏 끌어 올리자, 벽은 아주 기분 좋게 제 등을 간질이더군요. 저는 이곳저곳을 뛰어다니며 가장 높은 창문으로 방 안을, 집 안을 들여다보았습니다. 그렇게 아무도 보지 못한 것들, 혹은 봐야 하는 것들을 보았습니다. 세상은 참 엉망진창이더군요. 인간이 되어야 하는 것만 아니라면 인간이 되고 싶지 않을 정도였습니다. 저는 아내와 남편, 부모와 아이들, 매우 사랑스럽고 비할 데 없이 소중한 아이들 사이에서 일어나는 가장 비참한 광경들을 보았습니다. 저는 그 어떤 인간도 알지 못하는 것들, 하지만 인간이라면 간절히 알고 싶어 할 것들. 바로 이웃의 악행들을 보았습니다. 제가 본 것을 신문에 썼더라면 다들 그 신문을 읽으려고 안달을 했을 겁니다! 그러나 그 대신 저는 사람들에게 직접 글을 썼고, 제가 방문하는 도시마다 커다란 소란이 일었습니다. 그들은 저를 너무도 두려워했지만, 동시에 저를 매우 사랑했죠. 교수는 제게 지식을 주었습니다. 양복장이는 제게 새 옷을 주었고요. 저는 그런 식으로 모든 것을 얻었습니다. 조폐국의 감독관은 제게 동전들을 던져 주었습니다. 여자들은 절더러 잘생겼다고 했고, 그래서 저는 당신이 보는 지금의 모습이 된 것입니다. 이제 작별 인사를 해야겠군요. 여기 제 명함입니다. 저는 이 거리의 볕이 드는 쪽에 살고, 비 오는 날에는 언제나 집 안에 머뭅니다."

그리고 그림자는 떠났습니다. 학자는 말했습니다.

"이거야 정말 놀라운 일이군."

며칠 몇 해가 지났고, 그림자가 다시 찾아왔습니다.

"어떻게 지내고 계십니까?"

학자가 말했습니다.

"아! 나는 세상의 진실과 아름다움, 선함에 대한 글을 쓰고 있다네. 하지만 아무도 내 이야기를 들으려 하지 않아. 난 꽤 절망에 빠져 있다네. 굉장히 속상해."

그림자가 말했습니다.

"그건 제가 결코 하지 않는 행동이군요. 저는 다들 그렇듯 점점 뚱뚱하게 살이 찌고 있습니다. 당신은 세상을 몰라요. 그러다 병에 걸릴 겁니다. 여행을 떠나세요. 여름에 여행을 떠날 생각인데 저와 함께 가시겠습니까? 여행 동료가 있으면 좋겠군요. 제 그림자가 되어 함께 여행을 떠나시겠습니까? 그러면 저한테는 큰 기쁨이 될 겁니다. 비용은 전부 제가 대지요."

학자가 물었습니다.

"멀리 여행을 떠날 건가?"

그림자가 대답했습니다.

"그건 생각하기 나름이지요. 어쨌든 여행을 하는 게 당신께 좋을 겁니다. 그리고 제 그림자가 된다면 여행 경비는 제가 다 내지요."

학자가 말했습니다.

"그건 터무니없는 소린걸."

"하지만 세상 돌아가는 방식이 그렇습니다. 앞으로도 항상 그럴 테고요."

그림자는 이렇게 말하고 떠났습니다. 학자에게 커다란 고난이 닥쳤습니다. 슬픔과 고민이 학자를 집어삼켰고, 사람들은 그가 말한 선한 것과 아름다운 것, 진실을 육두구 씨앗이

소가 된다는 것만큼이나 헛소리라고 여겼습니다. 마침내 학자는 앓아누웠습니다.

"정말 그림자 같아 보이세요."

사람들이 학자에게 이렇게 말하면, 오한이 학자의 온몸을 스쳐 지나갔습니다. 그림자가 한 말이 떠올랐으니까요. 또다시 학자를 찾아온 그림자가 말했습니다.

"어디 온천장이라도 가서야겠어요. 당신에겐 달리 선택권이 없어요. 오랜 정을 생각해서 제가 당신을 데려가죠. 여행 경비를 제가 다 낼 테니, 여행을 하면서 즐거운 여행기나 쓰세요. 온천장에 가고 싶네요. 제 턱수염이 제대로 자라질 않아요. 몸이 약해서 그런 거죠. 그리고 전 턱수염이 꼭 있었으면 좋겠어요. 그러니 현명하게 제 제안을 받아들이세요. 친한 친구로 함께 여행을 가죠."

그래서 마침내 둘은 함께 여행을 떠났습니다. 이제 그림자는 주인이었고, 주인은 그림자가 되었습니다. 둘은 함께 마차와 말을 타고 태양의 위치에 따라 나란히, 혹은 앞뒤로 걸어 갔습니다. 그림자는 틈만 나면 주인의 자리를 차지했지만, 학자는 그 사실을 전혀 눈치채지 못했습니다. 학자는 선량한 사람이었고 마냥 순하고 착하기만 했으니까요. 하루는 주인이 그림자에게 말했습니다.

"우린 어린 시절부터 함께 자랐고, 이젠 여행 동료가 되었군. 이제 우리의 우정을 위해 건배하면서 서로를 '자네'나 '너'라고 부르는 게 어떨까?"

이제 실질적인 주인인 그림자가 말했습니다.

"아주 솔직하고 친절한 제안이군요. 저도 당신처럼 솔직하고 친절하게 말하죠. 당신은 학자이고, 인간의 본성이 얼마나 근사한지 알고 있죠. 개중에는 갈색 종이의 냄새를 견디지 못하는 사람들이 있습니다. 그 냄새를 맡으면 속이 미식거리죠. 또 어떤 이들은 손톱으로 유리창을 긁으면, 뼛속까지 소름이 끼쳐 몸서리를 치기도 하죠. 저는 누군가 절 '자네'나 '너'라고 부르는 소리를 들을 때면 그 비슷한 기분이 듭니다. 마치 전에 당신과 있을 때 그랬던 것처럼, 짓밟히는 기분이 들어요. 자존심이 아니라 기분 문제란 걸 당신도 알 겁니다. 따라서 당신이 나를 '너'라고 부르는 걸 허락할 수 없습니다. 저는 기꺼이 당신을 그렇게 부르죠. 따라서 당신의 바람이 반은 충족되겠군요."

그 후로 그림자는 전 주인을 '너'라고 불렀습니다. 전 주인은 말했습니다.

"좀 심한 것 같군. 나는 당신을 당신이라고 부르고, 당신은 날 '너'라고 부르다니."

하지만 그저 따르는 수밖에 없었습니다. 마침내 둘은 온천장에 도착했습니다. 처음 보는 낯선 이들이 바글거렸고 그중에는 아름다운 공주님도 한 명 있었습니다. 그 공주님은 날카로운 관찰력으로 모두를 아주 불편하게 만드는 병에 걸렸습니다. 공주님은 새로 온 손님을 본 순간, 그가 다른 사람들과 아주 다르다는 사실을 알아챘습니다. 공주는 생각했습니다.

'다들 저 사람은 턱수염을 기르러 여기 왔다던데. 하지만 난 저 사람이 온 진짜 이유를 알아. 저 사람은 그림자를 드리울 수 없는 거야.'

공주는 이 문제에 굉장한 호기심을 갖게 되었고, 하루는 산책을 하던 중 그 이상한 신사와 대화를 나누게 되었습니다. 공주인 그녀는 수많은 예의를 차릴 필요가 없었고, 따라서 주저하지 않고 대뜸 그에게 말했습니다.

"당신의 병은 그림자를 드리울 수 없는 것이지요?"

그 신사가 말했습니다.

"공주님께서는 질병을 고치시러 먼 길을 오셨군요. 공주님의 병은 예리한 관찰력이라 들었는데, 이번에는 완전히 잘못 보셨군요. 저는 우연히도 아주 특이한 그림자를 갖게 되었답니다. 언제나 제 곁에 있는 사람을 못 보셨나요? 사람들은 가끔 하인들에게 자신의 것보다 더 근사한 옷을 주기도 하죠.

그래서 저는 제 그림자에게 사람 같은 옷을 입혔답니다. 보시면 아시겠지만 그에게 자신만의 그림자까지 주었지요. 좀 비싸긴 하지만, 저는 특이한 것들을 좋아한답니다."

공주는 생각했습니다.

'이게 어떻게 된 거지? 내 병이 정말 나은 것일까? 그렇다면 여긴 세상에서 가장 좋은 온천장이 틀림없어. 이곳의 물에는 대단한 치유력이 있는 거야. 하지만 아직은 이곳을 떠나지 않겠어. 이제 막 재미있어지려는 참인걸. 이 외국의 왕자님—왕자님이 분명해—이 무엇보다도 재미있어. 왕자님의 턱수염이 자라지 않았으면 좋겠다. 턱수염이 자라면 당장 여길 떠나실 테니까.'

저녁이 되자 공주와 그림자는 커다란 연회장에서 함께 춤을 추었습니다. 공주는 가벼웠지만, 그림자는 한층 더 가벼웠습니다. 공주는 그렇게 가볍게 춤을 추는 사람은 생전 처음이었습니다. 공주는 자신의 고향에 대해 이야기했습니다. 그리고 그가 그 나라에 대해 알고 가 본 적도 있지만, 공주가 고향에 있는 동안에는 가본 적이 없다는 걸 알았습니다. 그는 공주 아버지의 성 창문들을, 위층과 아래층 창문들을 모두 들여다보았습니다. 그는 많은 것들을 보았고, 따라서 공주의 질문에 대답할 수 있었습니다. 공주는 꽤 놀랐습니다. 공주는 그가 세상에서 가장 똑똑한 남자라고 생각했고, 그의 풍부한 지식에 커다란 존경심이 솟았습니다. 다시 한 번 그와 춤을 추었을 때 공주는 그를 사랑하게 되었습니다. 그림자는 그 사실을 순식간에 알아차렸죠. 공주가 아주 그윽한 눈으로 그를 바라보았으니까요. 둘은 한 번 더 춤을 추었고, 공주는 하마터면 사랑을 고백할 뻔했지만 신중하게 참았습니다. 공주는 자신의 나라, 왕국, 언젠가 자신이 다스려야 할 수많은 사람들을 생각했습니다. 공주는 마음속으로 말했다.

'이분은 똑똑한 분이야. 그건 좋은 것이지. 그리고 춤도 아주 근사하게 잘 춰. 그것 역시 좋은 것이지. 하지만 이분이 논리적인 지식도 갖추고 있을까? 그건 중요한 문제야. 한번 시험해 봐야겠어.'

공주는 그에게 가장 어려운 질문, 자신도 답을 알지 못하는 질문을 던졌습니다. 그러자 그림자는 아주 묘하게 인상을 찌푸렸습니다. 공주가 물었습니다.

"답을 모르시는 거죠?"

그림자가 대답했습니다.

"어린 시절에 배웠습니다. 그리고 저기 문 옆에 서 있는 제 그림자조차 그 질문에 대답할 수 있을 겁니다."

"그림자가요? 그러면 정말 대단하겠네요."

그림자가 말했습니다.

"뭐, 장담할 수는 없습니다. 하지만 제 그림자가 대답할 수 있을 거라는 생각이 드는군요. 그림자는 아주 오랜 세월 저를 따라다녔고, 제게서 아주 많은 이야기를 들었기 때문에 대답할 가능성이 높다고 생각합니다. 하지만 공주님께 먼저 드릴 말씀이 있습니다. 저 그림자는 인간으로 대해 주면 아주 자랑스러워하고 기분이 좋아지죠. 그러면 올바른 대답을 할지도 모릅니다. 반드시 인간으로 대하셔야 합니다."

"기꺼이 그렇게 할게요."

그리고 공주는 문간에 서 있는 학자에게 다가가 그에게 태양과 달, 푸른 숲, 고향에 있는 사람들과 멀리 떠나온 사람들에 대해 이야기했습니다. 학자는 아주 유쾌하게 공주와 대화를 나누었습니다. 공주는 생각했습니다.

'이렇게 똑똑한 그림자를 가지고 있다니 정말 대단한 남자로구나. 내가 그를 선택한다면 나의 나라와 백성들에게 진정한 축복이 될 거야. 그렇게 해야지.'

그래서 공주와 그림자는 곧 약혼을 했지만, 공주는 왕국으로 돌아갈 때까지 아무에게도 그 이야기를 하지 않기로 했습니다. 그림자가 말했습니다.

"아무도 알아선 안 됩니다. 제 그림자도요."

그리고 그 이유를 구체적으로 설명했습니다. 얼마 후, 공주는 자신이 다스리는 나라로 돌아갔고 그림자도 그녀와 함께 갔습니다. 그림자가 학자에게 말했습니다.

"잘 듣게, 내 친구. 나는 이제 여느 사람보다 운이 좋고 힘이 있는 사람이 되었어. 널 위해 전에 없이 좋은 걸 해 줄 수 있어. 넌 내 성에 살 수 있고, 나와 함께 왕가의 마차를 타게 될 테고, 일 년에 수만 달러를 쓸 수 있어. 하지만 모두가 너를 그림자라 부르도록 허락해야 해. 그리고 절대 네가 사람이라는 말은 해서는 안 돼. 그리고 일 년에 한 번 내가 태양이 내리쬐는 발코니에 앉으면, 넌 그림자가 그렇듯 내 발치에 누워야 해. 난 공주와 결혼할 예정이고, 우리 결혼식은 오늘 저녁에 열릴 거야."

학자가 말했습니다.

"허, 그것 참 듣던 중에서도 가장 터무니없는 소리군. 난 그런 어리석은 짓은 받아들일 수 없고, 받아들이지도 않을 걸세. 온 나라뿐 아니라 공주님도 속이는 거잖아. 난 모든 걸 다 폭로하고 내가 인간이며, 당신은 인간의 옷을 입은 그림자일 뿐이라고 말할 걸세."

그림자가 말했습니다.

"아무도 네 말을 믿지 않을걸. 분별력 있게 생각해. 안 그러면 보초병을 부를 거야."

학자가 말했습니다.

"난 곧장 공주님에게 갈 걸세."

그림자가 대꾸했습니다.

"하지만 내가 먼저 도착하고 넌 감옥에 가게 될 거야."

그리고 그림자의 말대로 되었습니다. 그림자가 왕의 딸과 결혼할 거란 사실을 아는 보초병들이 즉각 그림자의 말에 복종했기 때문입니다. 그림자가 나타나자 공주가 말했습니다.

"떨고 있네요. 무슨 일 있었어요? 오늘은 아프면 안 되는데. 오늘 저녁에 우리 결혼식이 열리잖아요."

그림자가 말했습니다.

"세상에서 일어날 수 있는 일 중 가장 끔찍한 일을 겪었어요. 제 그림자가 미쳐 버렸지 뭡니까. 아무래도 가련하고 얄팍한 두뇌가 수많은 지식을 감당할 수 없었던 모양입니다. 자신이 진짜 인간이고 내가 자신의 그림자라는 허튼 환상에 빠져 버렸어요."

공주가 외쳤습니다.

"어머나, 끔찍해라. 그자를 감옥에 가뒀나요?"

"아, 네. 물론입니다. 아무래도 영영 회복하지 못할까 봐 걱정스럽군요."

공주가 말했습니다.

"불쌍한 그림자! 정말 안됐네요. 그자의 영혼을 허약한 몸에서 자유롭게 해방시켜 주는 게 진정한 선행일 거예요. 요즘엔 사람들이 높은 계급에 대항하는 낮은 계급의 사람들 편을 얼마나 드는지. 그런 자들은 조용히 치워 버리는 게 현명한 방법이죠."

"그에게는 좀 가혹한 벌일 겁니다. 충실한 하인이었으니까요."

그림자는 이렇게 말하며 한숨을 쉬는 척했습니다.

"당신은 정말 고귀한 분이네요."

공주는 이렇게 말하며 고개를 숙였습니다. 저녁이 되자 온 도시가 환하게 불빛을 밝혔고, 대포들이 뻥 터지고 군인들이 받들어 총 자세를 했습니다. 그야말로 성대한 결혼식이었습니다. 공주와 그림자가 발코니로 나오자 더 많은 함성이 쏟아졌습니다. 하지만 학자는 이런 시끌벅적한 축제의 소리는 하나도 듣지 못했습니다. 그는 이미 처형당하고 말았으니까요.

# 일상의 감정을 환상적으로 담아 낸
# 안데르센의 전 세대를 위한 문학

안데르센은 1805년 덴마크의 오덴세에서 구두수선공 아
버지와 세탁부 어머니 사이에서 태어났다. 아버지는 기초 교
육을 어느 정도 받은 사람으로 어린 아들에게 '아라비안나
이트'를 읽어 주며 아들에게 문학적 재능을 키워 주었고, 어
머니는 독실한 기독교 신자로 아들에게 깊은 신앙심을 심
어 주었다.

안데르센은 아버지가 일찍 돌아가시고 혼자 남은 어머니
가 재혼한 후 가난한 아이들을 위한 학교에 들어갔다. 열네
살 때 코펜하겐으로 가서 배우가 되고자 하지만 성공을 거
두지 못했다. 하지만 그에게 시에 대한 재능이 있음을 파악
한 동료 덕분에 후원자를 얻고, 문법 학교에 들어가 글을 쓰

는 데 매진한다. 공부에도 별다른 두각을 나타내지 못했고, 원만한 학교생활도 하지 못했던 그가 유일하게 사랑한 것은 이야기였다.

그렇게 작가로 성공을 거둔 이후 유럽의 왕족들과 여러 작가들에게 사랑과 존경을 받았다. 그럼에도 화려한 사교계 생활로 허영심에 빠지기도 하고, 또 정서적 애착 문제와 성 정체성 문제로 평생 사랑을 갈구하며 외로운 삶을 살았다. 이러한 안데르센의 다양한 인생 역경을 고스란히 담고 있는 것이 바로 안데르센의 동화이다.

안데르센은 평범한 사람이라면 누구나 느낄 법한 감정들, 인생의 희로애락을 고스란히 아름답고 환상적인 이야기로 승화시켰다. 아이들에게 꿈과 환상을 심어 주기보다는 인생을 있는 그대로 받아들이면서도 용기를 잃지 않는 정신을 보여 준다는 점에서 안데르센의 작품은 단순히 어린이들을 위한 동화가 아닌, 가슴을 울리는 진정한 전 세대 문학이라 할 수 있다.

### 작품 소개

**어머니 이야기**

아픈 아이를 돌보고 있는 어머니에게 갑작스레 죽음이 찾아왔다. 죽음은 어머니가 잠깐 잠든 사이 아이를 데리고 온실로 가 버린다. 뒤늦게 어머니는 죽음에게서 아이를 되찾기 위해 길을 나섰지만 아이를 되찾으러 가는 길은 험난했다. 밤을 만나 오랜 시간 노래를 불렀고, 가시나무를 만나 온몸에 피를 흘리며 푸른 잎과 꽃을 피울 수 있도록 안아 주었다. 또 호수를 만나 아름다운 눈을 호수에게 주었으며 온실을 지키는 할머니에게 검은 머리카락을 건네주었다.

이렇게 험난한 여정을 거쳐 어머니는 죽음을 만났다. 어머니는 죽음에게서 아이를 되찾으려고 온실 속의 모든 꽃을 뽑아 버리겠다고 말했다. 하지만 그 꽃들은 다른 어머니들 아이의 생명이었고, 결국 아이는 죽음과 함께 미지의 세계로 가 버린다.

〈어머니 이야기〉는 아이를 되찾기 위한 어머니의 절절한 모성애를 다루고 있다. 하지만 꼭 모성애가 아니더라도 사랑하는 사람을 잃고 느끼는 상실감, 슬픔, 그 사람을 놓아 주기까지의 과정을 안데르센 특유의 상상력으로 아름답고 환상적으로 그렸다.

### 성냥팔이 소녀

추운 겨울, 성냥을 팔기 위해 거리에 나온 소녀가 있었다.

춥고 배고픔에 지친 소녀는 성냥을 하나씩 켜기 시작했다. 성냥을 켤 때마다 환한 빛과 함께 난로, 갖가지 음식과 크리스마스트리, 그리고 소녀를 사랑해 주던 할머니가 보인다. 성냥 불빛이 보여 주는 환상에 기뻐하며 할머니와 함께 천국으로 올라간다. 추운 밤이 지나고 날이 밝자 소녀는 미소를 띤 채 죽어 있었다. 그러나 소녀가 어떤 아름다운 것을 보았는지, 얼마나 축복받으며 할머니와 즐거운 새해를 맞이했는지 아는 사람은 아무도 없었다.

소녀가 성냥을 켤 때마다 본 난로, 음식, 크리스마스트리는 소녀가 너무나도 간절히 원했던 나머지 환상을 본 것이고, 크리스마스트리 맨 위에 있던 별이 하늘로 올라갔다 떨어지는 것은 '누군가 죽어 가고 있구나.' 하는 소녀의 생각에서도 알 수 있듯이 그녀가 죽게 된다는 것을 암시하고 있다.

이 작품에서 등장하는 소녀는 이름도, 성도, 가족 관계도 불분명하다. 글을 읽고 있는 독자들이나 독자들의 주변 불특정 다수 모두가 성냥팔이 소녀와 같은 존재일 수 있다는 것을 은연중에 표현하고 있다. 또한 각박하게 메마른 사람들의 인심에 대한 질타, 영혼 불멸에 대한 안데르센의 철학도 담겨 있다.

### 미운 오리 새끼

아름다운 시골의 어느 호수에서 태어날 때부터 못생긴 오리가 있었다. 알에서 막 나왔을 때부터 덩치가 크고 외모 또한 못생긴 오리는 같은 오리뿐만 아니라 닭들, 심지어 모이를 주는 어린 소녀에게까지 구박을 당한다. 잦은 구박과 미움에 미운 오리 새끼는 홀로 여행을 떠나며 여러 가지 일을 경험하다가 우연히 백조를 보고 아름답다고 생각한다. 몇 해가 지나고 다시 백조를 본 미운 오리 새끼는 백조에게 날아가다 호수에 비친 자신을 보게 되고, 미운 오리 새끼인 줄 알았던 자신이 아주 아름다운 백조였다는 것을 알고는 매우 행복해한다.

동화에서 나온 미운 오리 새끼는 다름 아닌 안데르센 본인이다. 안데르센은 정신병자의 손자에, 가난한 고등학생이라는 인생의 밑바닥 자리에서부터 덴마크 역사상 최고로 존경받는 자리로 올라오는 과정을 빗대 미운 오리 새끼를 탄생시켰다.

### 낙원의 뜰

세상에 있는 모든 것을 알고 싶어 하는 한 왕자가 있었다. 왕자는 책과 인쇄판을 통해 모든 것을 알았지만, 낙원의 뜰에 대한 것은 알지 못했다. 어느 날 왕자는 숲을 거닐다 바람

의 동굴을 찾았고, 4명의 바람 중 동풍과 친해져 낙원의 뜰
로 갈 수 있는 기회를 얻었다. 동풍과 낙원의 뜰로 간 왕자는
요정 공주를 만나 그곳에서 평생을 보내고 싶어 한다. 요정
공주는 낙원의 뜰에서 평생을 보내려면 지켜야 할 것이 있으
며, 그것은 자신의 유혹을 참고 견디라는 것이었다. 하지만
왕자는 첫날에 유혹을 참지 못했고, 낙원의 뜰은 지상 아래
로 영원히 사라졌다.

〈낙원의 뜰〉은 기독교의 아담과 이브를 모티프로 금지된
것에 대한 인간의 욕망을 다루고 있다. 인간의 욕망은 항상
절제해야 하며, 욕망을 절제하지 못했을 때에는 결과에 대한
책임을 가지고 살아가야 한다는 교훈을 준다.


**빨간 구두**

가난한 아이 카렌에게 구두장이의 부인이 빨간 천을 이용
해 빨간 구두를 만들어 선물했다. 카렌이 구두를 얻은 날, 어
머니가 돌아가셨고, 노부인에게 입양되었다. 카렌은 노부인
에게서 새로운 빨간 구두를 선물 받았다. 그런데 그 빨간 구
두를 신으면 춤을 저절로 추게 되었다. 노부인이 죽어서도 빨
간 구두는 춤추는 것을 멈추지 못했고, 카렌은 결국 사형수에
게 발을 잘라 달라고 한다. 사형수는 빨간 구두만을 잘랐지만

카렌은 걷기 힘들만큼 발을 다치고 말았다. 목사의 집으로 간 카렌은 죄를 뉘우치고 회개하여 결국 천국으로 가게 되었다.

이야기의 〈빨간 구두〉는 금기를 상징하고, 춤을 추게 되는 저주는 형벌로 해석할 수 있다. 또 다른 시각으로는 허영심에서 헤어 나오지 못하고 분수를 망각한 채 어리석은 판단을 반복하는 젊은 여성의 행동을 풍자한다고 볼 수 있다.


### 빵을 밟은 소녀

잉게는 늘 오만감과 자신감에 넘쳐 있었다. 항상 자신을 생각해주고 걱정해 주는 사람들을 무시했다. 부자 집에 들어가 살게 된 잉게는 한 번씩 예전 집을 찾아가게 되었다. 어느 날 집으로 향하는 길에 진흙 웅덩이가 있었다. 잉게는 자신의 옷을 더럽히지 않기 위해 빵을 밟고 지나가려다 그만 늪의 여인이 있는 곳으로 떨어졌다. 거기서 다시 한 번 지옥으로 내려가 후회와 배고픔으로 하루하루를 보내지만 잘못을 뉘우치지 못했다. 그녀의 이야기는 온 세상에 퍼져, 모두의 조롱거리가 되었다. 지옥에서 세상을 바라보며 하루하루를 지내던 어느 날 자신을 진심으로 걱정해 주는 한 소녀를 보게 된다. 그 소녀의 눈물 속에서 자신을 되돌아보기 시작한다. 그리고 스스로 변화하기 시작한다. 그녀가 죽은 뒤, 큰 빛이 되어서 잉게를 찾아왔고, 잉게는 새가 되어 다시 세상으로 나갈 수 있었다. 새가 된 잉게는 다른 새들을 도우며 살았고, 결국 천국에 가는 것으로 이야기는 마무리된다.

이야기에서 나오는 잉게의 모습에서 현재 겉모습에 치중하며 살아가는 우리의 모습을 만나게 된다. 자신의 삶 속에서 진정으로 가치 있게 여겨야 할 것들보다 화려함에 깃들어 살아가면서 작지만 중요한 것들은 밟히고 묻히게 되는 것이다. 물질 만능 주의가 만연한 지금의 시대에 부합되는 이야기로 나 자신을 되돌아보는 계기를 불러일으킨다.

### 하늘을 나는 트렁크

부유했던 상인의 아들인 동화의 주인공은 상인이 모아 둔 재산을 순식간에 탕진하고 슬리퍼, 가운, 4실링만을 겨우 가지고 있다. 하지만 그의 착한 친구 한 명이 보내 준 트렁크를 받으며 새로운 삶을 시작한다. 신기하게도 트렁크는 날 수 있었고 상인의 아들이 트렁크에 타자 터키로 순식간에 날아가 버렸다. 그때 터키의 공주는 불길한 예언을 받아 성의 맨 꼭대기에서만 살았다. 이곳을 상인의 아들이 트렁크를 타고 올라갔고, 결국 공주와 결혼할 수 있게 되었다. 하지만 트렁크가 불에 타 없어지자 공주는 홀로 남아 상인의 아들을 기다렸고, 상인의 아들은 방랑 생활을 하게 된다.

〈하늘의 나는 트렁크〉는 안데르센이 어린 시절 아버지에게 들었던 〈아라비안나이트〉의 나는 양탄자 이야기를 모티프로 삼은 이야기다. 아라비안나이트 속의 세헤라자데가 왕에게 이야기를 해 주는 것과 같이 '이야기 속의 이야기' 즉, 액자식 구성을 채택해 이야기를 이끌어간다.

## 전나무

숲 속에 어린 전나무가 살고 있다. 이 어린 전나무는 늘 현재의 상태에 만족하지 못하고 어서 빨리 자랐으면 한다. 나이를 먹고 점점 자라나자 주변 나무들이 벌목꾼들에 의해 숲을 떠나는 것에 대해 동경을 품는다.

그러던 어느 날, 드디어 전나무도 숲을 떠날 수 있었다. 하지만 숲을 떠난 전나무는 하루만 멋지게 치장하고 지냈을 뿐 그 이후로는 아무도 신경 쓰지 않는 다락방에 들어가게 된다. 그곳에서 만난 쥐들 또한 점차 멀어지고, 결국은 장작으로 활용되며 생을 마감한다.

전나무는 우리에게 '더 늦기 전에 지금 살고 있는 현재에 충실하라.'고 말해 준다. 이야기가 진행되면서 계절과 해가 바뀌고 사건들이 일어나지만, 전나무는 현재의 삶을 즐기지 못하고 오로지 다른 삶을 생각하며 헛된 꿈만 좇는다. 인생이 헛된 것이라는 깊은 염세주의를 담고 있지만 반대로 현재를 충실히 즐기라는 철학적 메시지를 읽을 수 있다.

### 어린 이다의 꽃

어린 이다의 집 앞에 있는 꽃들은 아침만 되면 시들어 있다. 꽃들이 시들어 슬퍼하는 어린 이다에게 학생은 꽃들이 밤새 무도회에서 춤을 췄기 때문에 기운이 없는 거라고 이야기한다. 그날 밤, 이다는 꽃들이 정말로 무도회를 하는지 지켜보았다. 깊은 밤 피아노 소리가 들려오고 이다는 꽃들이 있는 방문을 열고 살금살금 다가가 빼꼼 안을 본다. 그런데 학생이 이야기해 준 대로 정말 꽃들이 춤을 추고 있었다. 장난감들도 함께 춤을 추며 즐거운 가운데 꽃들은 내일 자신들이 죽는다고 이다의 인형인 소피에게 말한다. 그리고 땅에 묻어 주면 내년에 다시 만날 수 있다는 말을 하고 무도회는 끝난다. 꽃들이 죽는다는 이야기를 들은 이다는 다음 날 사촌들과 함께 꽃들을 땅속에 묻어 준다.

〈어린 이다의 꽃〉 또한 죽음과 부활의 문제를 다루고 있다. 이다가 꽃들을 묻어 주는 장면과 꽃들이 내년에 다시 볼 수 있다고 하는 것에서 죽음과 부활에 대한 암시를 확인할 수 있다. 죽음을 생의 끝으로 보지 않고, 다음 생을 기약하는 긍정적인 자세로 풀어내면서, 작품 속에서는 기꺼이 죽음을 맞이하는 꽃들의 아름다운 무도회의 장면으로 펼쳐진다.

### 그림자

어느 젊고 똑똑한 학자가 뜨거운 나라로 여행을 가면서 이야기는 시작된다. 학자는 뜨거운 나라에서 지내는 숙소의 옆집에 관심이 간다. 직접 가서 확인할 수 없어서 대신 그림자가 확인을 하면 좋겠다는 생각을 하던 중, 정말 그림자가 옆집에 들어가게 된다. 하지만 들어간 그림자는 다시 돌아오지 않았고, 학자는 고향으로 돌아갔다. 몇 년 뒤, 그림자는 사람이 돼서 다시 학자 앞에 나타났고, 학자와 자신의 신분을 바꾸려 한다. 그림자는 점점 몸이 나빠지는 학자와 함께 여행을 떠났고, 여행에서 공주를 만난다. 공주와 혼인하게 된 그림자는 학자의 입을 막기 위해 그를 죽인다.

〈그림자〉는 이 책에 실린 이야기 중 가장 어두운 분위기의 작품이다. 안데르센이 자신의 이중적인 모습을 사악한 그림자로 표현하고 있기도 하고, 또 다른 시각으로 보면 그림자의 자아 찾기로 해석할 수 있다.

원은주

1805년　덴마크 제2의 도시 오덴세에서 가난한 구두 수선공의 외아들로 태어났다. 한스 크리스티안 안데르센의 이름은 세례를 받을 때, 붙여진 이름이다.

1807년　안데르센이 두 살 되던 해에 가족들은 오덴세의 가난한 골목인 수공업자 거리에 자리를 잡았다.

1816년　아버지가 병환으로 돌아가신 후 가정 형편은 더욱 어려워졌다.

1818년　코펜하겐 왕립 극단이 오덴세로 순회공연을 왔을 때

오페레타 〈신데렐라〉의 단역을 맡게 된다. 7월에는 어머니 안네 마리가 연하의 구두 수선공인 닐스 유르겐센 군데르센과 재혼한다.

**1819년** 연극배우의 꿈을 품고 코펜하겐으로 갔으나, 변성기 이후 목소리가 탁해지면서 꿈을 접어야 했다. 더구나 가난 때문에 교육을 받지 못한 안데르센의 연극 대본은 극단주로부터 반송되었다.

**1820년** 안데르센은 왕립 극단의 발레 학교에 들어간다.

**1821년** 발레 〈아르미다〉에서 난장이 트롤 역을 맡는다.

**1822년** 무용 학교와 성악 학교에서 제적되고, 왕립 극단에서도 해고되었다. 왕립 극단의 단장인 콜린의 도움으로 국왕 후원금을 받고 슬라겔세로 가서 문법 학교에서 공부할 기회를 얻는다.

**1824년** 시험에 떨어져 3학년을 1년 더 다니게 된다.

**1825년** 안데르센은 또 다른 형식의 창작 활동인 일기를 쓰기 시작한다.

**1826년** 자신을 생명이 꺼져 가는 아이로 생각하며 〈죽어 가는 아이(The Dying Child)〉라는 시를 쓴다.

**1827년** 코펜하겐으로 이사한다.

**1828년** 9월 대학 입학시험에 합격 후, 코펜하겐 대학교에 입학한다.

**1829년** 젊은 시인이 도시의 거리에서 겪는 모험담인 첫 저서 《도보여행기》를 출간한다. 또한 첫 번째 시집 《시(Digte)》를 크리스마스에 출간한다.

**1831년** 하이네풍의 사랑 시집 《환상과 스케치(Fantasies and Sketches)》를 펴낸다. 5월에는 독일로 여행을 떠난다. 6월에 덴마크로 돌아와 9월에 《그림자 그림》을 발표한다.

**1833년** 새로운 시집 《그 해 열두 달(Twelve Months of the Year)》을

출간한다. 왕실 기금을 지원 받아 2년간 독일, 프랑스, 이탈리아 여행을 한다. 이탈리아 여행 중에 어머니의 죽음을 알리는 편지를 받는다.

1834년 상상 속의 고향인 이탈리아를 무대로 자신이 꿈꾸는 삶을 그린 자전적 소설 중 첫 번째 작품《즉흥시인》을 출간하면서 문학계의 호평을 받는다.

1835년 본격적인 동화 집필에 들어간다.

1837년 여러 번 고친 〈인어공주〉를 완성한다. 〈엄지공주〉와 〈벌거벗은 임금님〉이 출간된다. 11월에는 세 번째 소설 〈가여운 바이올린 연주자〉를 출간한다. 6월 이후 〈장난감 병정〉을, 8월에는 〈백조왕자〉를 쓰기 시작한다.

1838년 코펜하겐에서 가장 호화로운 노르 호텔에 머물면서 흑인 노예에 대한 이야기 〈뮬라토(The Mulatto)〉를 쓰기 시작한다. 스웨덴과 독일에서 안데르센의 동화가 번역되어 출간된다.

**1839년** 크리스마스를 위한 동화 〈하늘을 나는 가방〉〈낙원의 뜰〉〈황새〉를 발표한다.

**1842년** 안데르센이 쓴 가장 빼어난 여행기 《어느 시인의 시장》이 출간된다.

**1843년** 작품에 대한 열정을 키워 11월에 〈미운 오리 새끼〉〈팽이와 공〉〈나이팅게일〉〈천사〉가 들어 있는 《새로운 동화(New Fairy Tales)》를 출간한다.

**1844년** 당대의 예술인들이 모여들었던 독일의 작은 도시 바이마르에 머무른다. 12월 5일에는 〈눈의 여왕〉을 집필하기 시작한다.

**1845년** 소설 《즉흥시인》이 영어와 러시아어로 번역된다. 이 해 11월에는 〈성냥팔이 소녀〉를 집필한다.

**1846년** 〈그림자〉를 쓰기 시작한다.

**1851년** 스웨덴 여행의 산물로 《스웨덴의 풍경》이 나온다.

**1852년** 《단편들(Stories)》이라는 새로운 이야기책을 출간한다.

**1854~1855년** 안데르센 전집이 출간되고, 코펜하겐 극장에서 희곡 다섯 편이 상연된다.

**1855년** 자서전 《내 인생의 동화》가 출간된다.

**1858년** 〈늙은 참나무의 마지막 꿈〉 〈늪의 대왕의 딸〉을 출간한다.

**1863년** 《스페인 기행》을 완성한다.

**1867년** 국왕의 명으로 명예 참사관이 된다. 로렌츠 프뢸리크가 삽화를 그린 동화집이 큰 호응을 얻는다. 12월에 고향 오덴세를 방문하고 대대적인 환영을 받는다.

**1870~1871년** 뉴욕에서 안데르센의 《문학 작품집》이 열 권으로 출간된다.

**1872년** 〈치통 아줌마〉를 끝낸다. 〈벼룩과 교수님〉 〈절름발이)와 가을에는 마지막 작품 〈늙은 요한나의 이야기〉를 쓴다.

**1875년** 70세의 나이로 세상을 떠난다. 국왕과 황태자를 포함한 수백 명의 조문객이 그의 죽음을 애도했다.

**옮긴이 원은주**

충북대학교에서 고고미술사학을 전공했다. 현재 영어 전문 번역가로 활동하고 있다. 옮긴 책으로
《아수의 정원》《노란 새》《붉은 엄지손가락 지문》《윈스턴 처칠의 뜨거운 승리》《권력의 탄생》《우
라늄》《죽음의 전주곡》《8인의 고백》《9번의 심판》《노예 12년》, 애거서 크리스티 전집 중《할로 저
택의 비극》《벙어리 목격자》《다섯 마리 아기 돼지》《헤라클레스의 모험》등이 있다.

# 어머니 이야기 안데르센 단편선 ❷

초판 1쇄 펴낸 날 2014년 7월 15일
초판 3쇄 펴낸 날 2017년 4월 24일

지 은 이   한스 크리스티안 안데르센
옮 긴 이   원은주
펴 낸 이   장영재
편   집   백수미, 서진
디 자 인   고은비
마 케 팅   남성진, 김대성, 이혜경
경영지원   마명진
물류지원   한철우, 노영희

펴 낸 곳   (주)미르북컴퍼니
자 회 사   더클래식
전   화   02)3141-4421
팩   스   02)3141-4428
등   록   2012년 3월 16일(제 313-2012-81호)
주   소   서울시 마포구 성미산로32길 12, 2층 (우 03983)
E-mail   sanhonjinju@naver.com
카   페   cafe.naver.com/mirbookcompany

더클래식
|
세계문학 컬렉션
미니북

*더클래식 세계문학 컬렉션 미니북은 계속 출간될 예정입니다.